I0634995

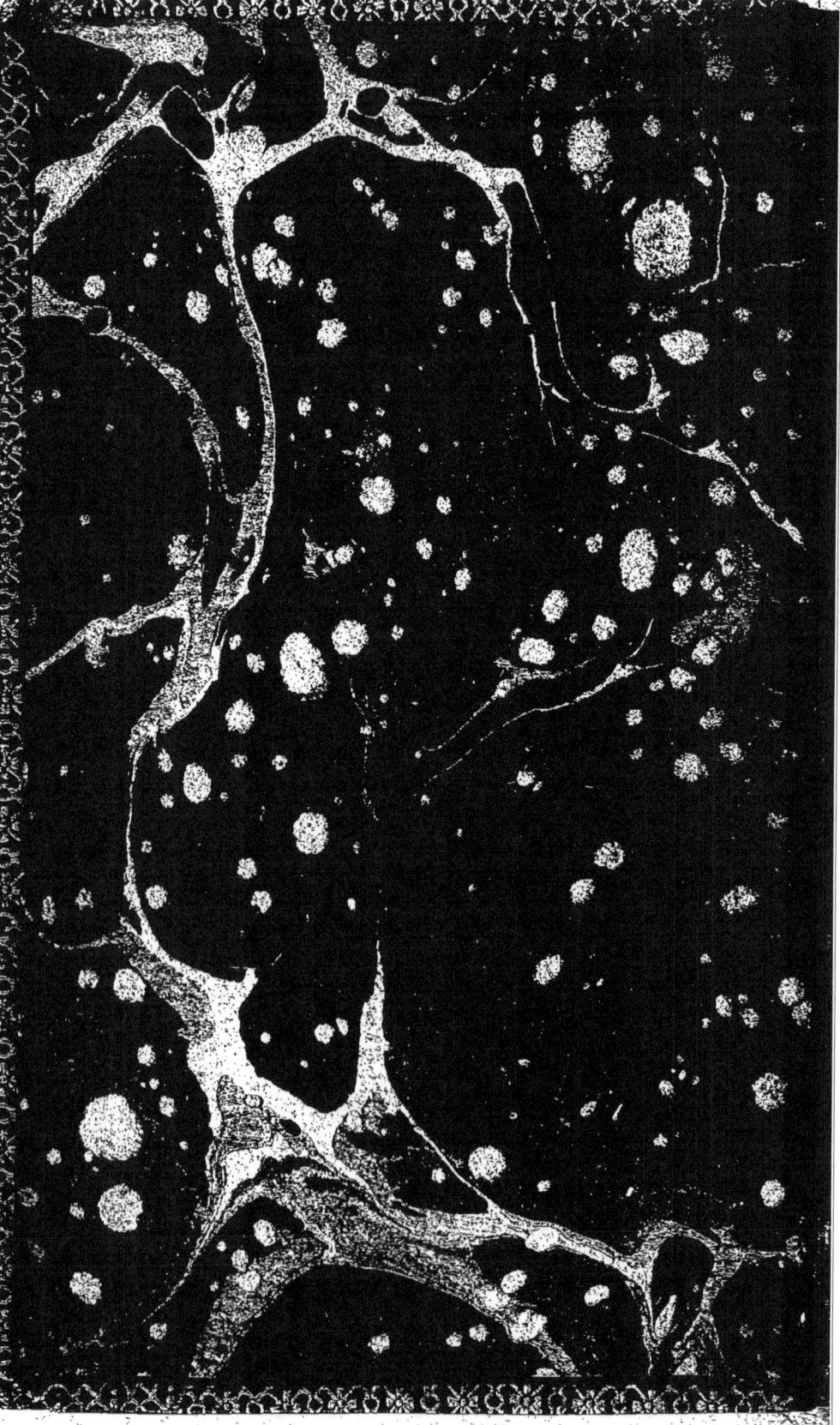

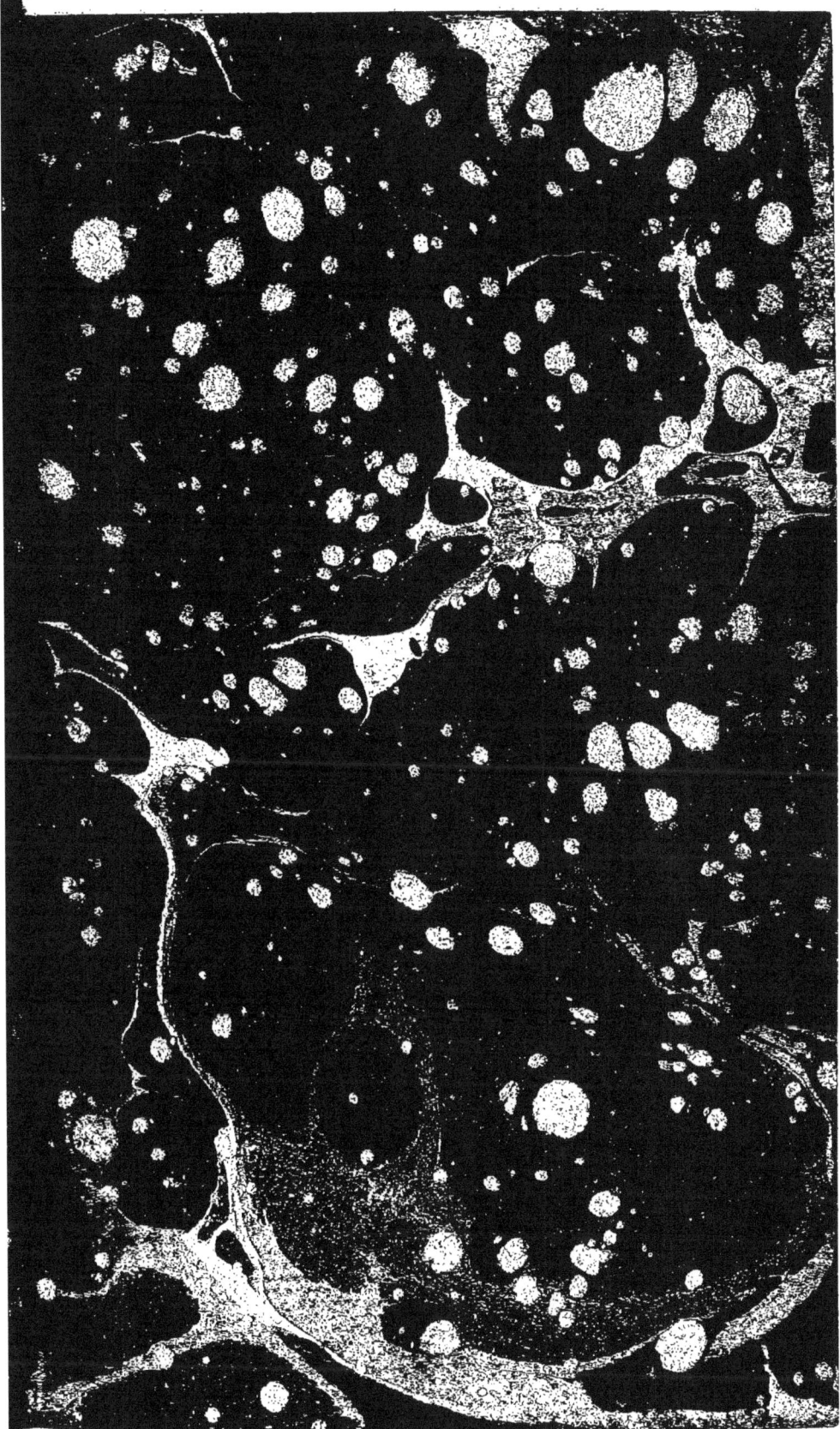

11953.

B.L.

COLLECTION

DES AUTEURS CLASSIQUES

FRANÇOIS ET LATINS.

LES AVENTURES

DE TÉLÉMAQUE,

FILS D'ULYSSE.

PAR M. DE FÉNÉLON.

TOME TROISIEME.

IMPRIMÉ PAR ORDRE DU ROI

POUR L'ÉDUCATION

DE MONSEIGNEUR LE DAUPHIN.

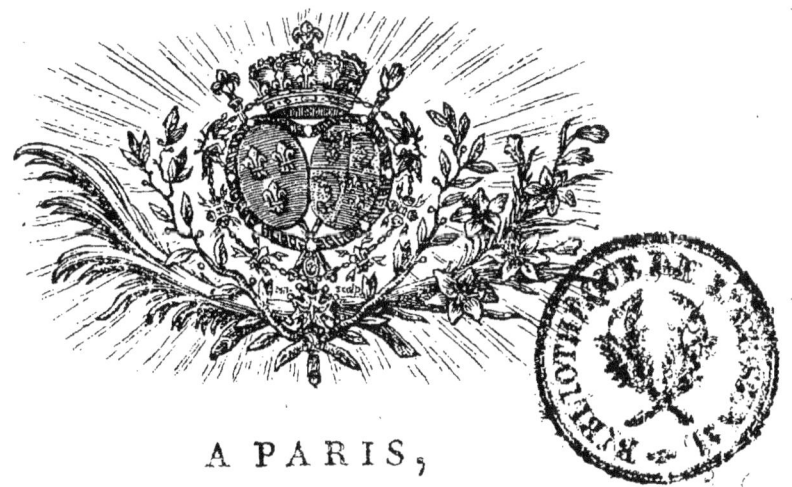

A PARIS,

DE L'IMPRIMERIE DE DIDOT L'AÎNÉ.

M. DCC. LXXXIII.

TÉLÉMAQUE.

LIVRE TREIZIEME.

SOMMAIRE

DU LIVRE TREIZIEME.

Idoménée raconte à Mentor sa confiance en Protésilas, et les artifices de ce favori, qui étoit de concert avec Timocrate pour faire périr Philoclès, et pour le trahir lui-même. Il lui avoue que, prévenu par ces deux hommes contre Philoclès, il avoit chargé Timocrate de l'aller tuer dans une expédition où il commandoit sa flotte; que celui-ci ayant manqué son coup, Philoclès l'avoit épargné, et s'étoit retiré en l'isle de Samos, après avoir remis le commandement de la flotte à Polymene, que lui Idoménée avoit nommé dans son ordre par écrit; que, malgré la trahison de Protésilas, il n'avoit pu se résoudre à se défaire de lui.

LES AVENTURES

DE

TÉLÉMAQUE.

LIVRE TREIZIEME.

Déja la réputation du gouvernement
doux et modéré d'Idoménée attire en
foule, de tous côtés, des peuples qui
viennent s'incorporer au sien, et chercher leur bonheur sous une si aimable domination. Déja ces campagnes
si long-temps couvertes de ronces et
d'épines promettent de riches moissons
et des fruits jusqu'alors inconnus. La
terre ouvre son sein au tranchant de la
charrue, et prépare ses richesses pour
récompenser le laboureur : l'espérance
reluit de tous côtés. On voit dans les
vallons et sur les collines les troupeaux

1.

de moutons qui bondissent sur l'herbe,
et les grands troupeaux de bœufs et
de génisses qui font retentir les hautes
montagnes de leurs mugissements : ces
troupeaux servent à engraisser les campagnes. C'est Mentor qui a trouvé le
moyen d'avoir ces troupeaux. Mentor
conseilla à Idoménée de faire avec les
Peucetes, peuples voisins, un échange
de toutes les choses superflues qu'on
ne vouloit pas souffrir dans Salente,
avec ces troupeaux qui manquoient
aux Salentins.

En même temps la ville et les villages
d'alentour étoient pleins d'une belle
jeunesse qui avoit langui long-temps
dans la misere, et qui n'avoit osé se ma-
rier de peur d'augmenter leurs maux.
Quand ils virent qu'Idoménée prenoit
des sentiments d'humanité, et qu'il vouloit être leur pere, ils ne craignirent
plus la faim et les autres fléaux par les-
quels le ciel afflige la terre. On n'enten-

doit plus que des cris de joie, que les chansons des bergers et des laboureurs qui célébroient leurs hyménées. On auroit cru voir le dieu Pan avec une foule de satyres et de faunes mêlés parmi les nymphes et dansant au son de la flûte à l'ombre des bois. Tout étoit tranquille et riant : mais la joie étoit modérée ; et ces plaisirs ne servoient qu'à délasser des longs travaux : ils en étoient plus vifs et plus purs.

Les vieillards, étonnés de voir ce qu'ils n'auroient osé espérer dans la suite d'un si long âge, pleuroient par un excès de joie mêlée de tendresse; ils levoient leurs mains tremblantes vers le ciel : Bénissez, disoient-ils, ô grand Jupiter, le roi qui vous ressemble, et qui est le plus grand don que vous nous ayez fait. Il est né pour le bien des hommes, rendez-lui tous les biens que nous recevons de lui. Nos arriere-neveux, venus de ces mariages qu'il favorise, lui

1..

devront tout, jusqu'à leur naissance, et il sera véritablement le pere de tous ses sujets. Les jeunes hommes et les jeunes filles qui s'épousoient ne faisoient éclater leur joie qu'en chantant les louanges de celui de qui cette joie si douce leur étoit venue. Les bouches, et encore plus les cœurs, étoient sans cesse remplis de son nom. On se croyoit heureux de le voir ; on craignoit de le perdre : sa perte eût été la désolation de chaque famille.

Alors Idoménée avoua à Mentor qu'il n'avoit jamais senti de plaisir aussi touchant que celui d'être aimé, et de rendre tant de gens heureux. Je ne l'aurois jamais cru, disoit-il : il me sembloit que toute la grandeur des princes ne consistoit qu'à se faire craindre ; que le reste des hommes étoit fait pour eux : et tout ce que j'avois ouï dire des rois qui avoient été l'amour et les délices de leurs peuples me paroissoit une pure

fable ; j'en reconnois maintenant la vérité. Mais il faut que je vous raconte
comment on avoit empoisonné mon
cœur dès ma plus tendre enfance sur
l'autorité des rois. C'est ce qui a causé
tous les malheurs de ma vie. Alors Idoménée commença cette narration :

Protésilas, qui est un peu plus âgé
que moi, fut celui de tous les jeunes gens
que j'aimai le plus : son naturel vif et
hardi étoit selon mon goût. Il entra dans
mes plaisirs ; il flatta mes passions ; il
me rendit suspect un autre jeune homme que j'aimois aussi, et qui se nommoit Philoclès. Celui-ci avoit la crainte
des dieux, et l'ame grande mais modérée ; il mettoit la grandeur, non à s'é-
lever, mais à se vaincre, et à ne faire
rien de bas. Il me parloit librement sur
mes défauts ; et lors même qu'il n'osoit
me parler, son silence et la tristesse de
son visage me faisoient assez entendre
ce qu'il vouloit me reprocher.

Dans les commencements cette sin-
cérité me plaisoit; et je lui protestois
souvent que je l'écouterois avec confiance toute ma vie, pour me préserver
des flatteurs. Il me disoit tout ce que je
devois faire pour marcher sur les traces
de mon aïeul Minos, et pour rendre
mon royaume heureux. Il n'avoit pas
une aussi profonde sagesse que vous,
ô Mentor; mais ses maximes étoient
bonnes, je le reconnois maintenant.
Peu-à-peu les artifices de Protésilas,
qui étoit jaloux et plein d'ambition,
me dégoûterent de Philoclès. Celui-ci
étoit sans empressement, et laissoit
l'autre prévaloir; il se contenta de me
dire toujours la vérité lorsque je voulois l'entendre. C'étoit mon bien, et
non sa fortune, qu'il cherchoit.

Protésilas me persuada insensiblement que c'étoit un esprit chagrin et
superbe qui critiquoit toutes mes actions, qui ne me demandoit rien parce-

qu'il avoit la fierté de ne vouloir rien
tenir de moi, et d'aspirer à la réputation d'un homme qui est au-dessus de
tous les honneurs : il ajouta que ce jeune homme qui me parloit si librement
sur mes défauts en parloit aux autres
avec la même liberté ; qu'il laissoit assez entendre qu'il ne m'estimoit guere;
et qu'en rabaissant ainsi ma réputation
il vouloit, par l'éclat d'une vertu austere, s'ouvrir le chemin à la royauté.

D'abord je ne pus croire que Philoclès voulût me détrôner : il y a dans la
véritable vertu une candeur et une in-
génuité que rien ne peut contrefaire,
et à laquelle on ne se méprend point,
pourvu qu'on y soit attentif. Mais la
fermeté de Philoclès contre mes foiblesses commençoit à me lasser. Les
complaisances de Protésilas, et son industrie inépuisable pour m'inventer de
nouveaux plaisirs, me faisoient sentir
encore plus impatiemment l'austérité
de l'autre.

Cependant Protésilas, ne pouvant souffrir que je ne crusse pas tout ce qu'il me disoit contre son ennemi, prit le parti de ne m'en parler plus, et de me persuader par quelque chose de plus fort que toutes les paroles. Voici comment il acheva de me tromper. Il me conseilla d'envoyer Philoclès commander les vaisseaux qui devoient attaquer ceux de Carpathie ; et, pour m'y déterminer, il me dit : Vous savez que je ne suis pas suspect dans les louanges que je lui donne : j'avoue qu'il a du courage et du génie pour la guerre ; il vous servira mieux qu'un autre, et je préfere l'intérêt de votre service à tous mes ressentiments contre lui.

Je fus ravi de trouver cette droiture et cette équité dans le cœur de Protésilas, à qui j'avois confié l'administration de mes plus grandes affaires. Je l'embrassai dans un transport de joie, et me crus trop heureux d'avoir donné toute ma confiance à un homme qui me paroissoit ainsi au-dessus de toute passion et de tout intérêt. Mais, hélas! que les princes sont dignes de compassion! Cet homme me connoissoit mieux que je ne me connoissois moi-même : il savoit que les rois sont d'ordinaire défiants et inappliqués; défiants, par l'expérience continuelle qu'ils ont de l'artifice des hommes corrompus dont ils sont environnés; inappliqués, parce-que les plaisirs les entraînent, et qu'ils sont accoutumés à voir des gens chargés de penser pour eux, sans qu'ils en prennent eux-mêmes la peine. Il comprit donc qu'il ne lui seroit pas difficile de me mettre en défiance et en jalousie contre un homme qui ne manqueroit pas de faire de grandes actions, surtout l'absence lui donnant une entiere facilité de lui tendre des pieges.

Philoclès, en partant, prévit ce qui lui pouvoit arriver. Souvenez-vous,

me dit-il, que je ne pourrai plus me
défendre ; que vous n'écouterez que
mon ennemi ; et qu'en vous servant au
péril de ma vie je courrai risque de n'a-
voir d'autre récompense que votre indignation. Vous vous trompez, lui dis-
je : Protésilas ne parle point de vous
comme vous parlez de lui ; il vous loue,
il vous estime ; il vous croit digne des
plus importants emplois : s'il commençoit à me parler contre vous, il per-
droit ma confiance. Ne craignez rien ;
allez, et ne songez qu'à me bien servir.
Il partit, et me laissa dans une étrange
situation.

Il faut vous l'avouer, Mentor, je
voyois clairement combien il m'étoit
nécessaire d'avoir plusieurs hommes
que je consultasse ; et que rien n'étoit
plus mauvais, ni pour ma réputation,
ni pour le succès des affaires, que de me
livrer à un seul. J'avois éprouvé que les
sages conseils de Philoclès m'avoient

garanti de plusieurs fautes dangereuses
où la hauteur de Protésilas m'auroit
fait tomber ; je sentois bien qu'il y avoit
dans Philoclès un fonds de probité et
de maximes équitables, qui ne se faisoit point sentir de même dans Protésilas : mais j'avois laissé prendre à Protésilas un certain ton décisif auquel je
ne pouvois presque plus résister. J'étois
fatigué de me trouver toujours entre
deux hommes que je ne pouvois accor-
der ; et dans cette lassitude j'aimois
mieux, par foiblesse, hasarder quelque chose aux dépens des affaires, et
respirer en liberté. Je n'eusse osé me
dire à moi-même une si honteuse raison du parti que je venois de prendre ;
mais cette honteuse raison, que je n'o-
sois développer, ne laissoit pas d'agir
secrètement au fond de mon cœur, et
d'être le vrai motif de tout ce que je
faisois.

Philoclès surprit les ennemis, rem-

3.   2

porta une pleine victoire, et se hâtoit
de revenir pour prévenir les mauvais
offices qu'il avoit à craindre : mais Protésilas, qui n'avoit pas encore eu le
temps de me tromper, lui écrivit que
je desirois qu'il fît une descente dans
l'isle de Carpathie, pour profiter de la
victoire. En effet, il m'avoit persuadé
que je pourrois facilement faire la conquête de cette isle : mais il fit en sorte
que plusieurs choses nécessaires man-
querent à Philoclès dans cette entreprise, et il l'assujettit à certains ordres
qui causerent divers contre-temps dans
l'exécution.

Cependant il se servit d'un domestique très corrompu que j'avois auprès de
moi, et qui observoit jusqu'aux moindres choses pour lui en rendre compte,
quoiqu'ils parussent ne se voir guere,
et n'être jamais d'accord en rien.

Ce domestique, nommé Timocrate,
me vint dire un jour, en grand secret,

qu'il avoit découvert une affaire très
dangereuse. Philoclès, me dit-il, veut
se servir de votre armée navale pour se
faire roi de l'isle de Carpathie : les chefs
des troupes sont attachés à lui ; tous les
soldats sont gagnés par ses largesses, et
plus encore par la licence pernicieuse
où il les laisse vivre : il est enflé de sa
victoire. Voilà une lettre qu'il a écrite
à un de ses amis sur son projet de se
faire roi : on n'en peut plus douter
après une preuve si évidente.

Je lus cette lettre, et elle me parut
de la main de Philoclès. On avoit par-
faitement imité son écriture ; et c'étoit
Protésilas qui l'avoit faite avec Timocrate. Cette lettre me jetta dans une
étrange surprise : je la relisois sans cesse, et ne pouvois me persuader qu'elle
fût de Philoclès, repassant dans mon
esprit troublé toutes les marques tou-
chantes qu'il m'avoit données de son
désintéressement et de sa bonne foi.

Cependant, que pouvois-je faire? quel moyen de résister à une lettre où je croyois être sûr de reconnoître l'écriture de Philoclès?

Quand Timocrate vit que je ne pouvois plus résister à son artifice, il le poussa plus loin. Oserai-je, me dit-il en hésitant, vous faire remarquer un mot qui est dans cette lettre? Philoclès dit à son ami qu'il peut parler en confiance à Protésilas sur une chose qu'il ne désigne que par un chiffre : assurément Protésilas est entré dans le dessein de Philoclès, et ils se sont raccommodés à vos dépens. Vous savez que c'est Protésilas qui vous a pressé d'envoyer Philoclès contre les Carpathiens. Depuis un certain temps il a cessé de vous parler contre lui, comme il le faisoit souvent autrefois ; au contraire, il le loue, il l'excuse en toute occasion : ils se voyoient depuis quelque temps avec assez d'honnêteté. Sans doute Pro-

tésilas a pris avec Philoclès des mesures
pour partager avec lui la conquête de
Carpathie. Vous voyez même qu'il a
voulu qu'on fît cette entreprise contre
toutes les regles, et qu'il s'expose à faire
périr votre armée navale, pour contenter son ambition. Croyez-vous qu'il
voulût servir ainsi à celle de Philoclès
s'ils étoient encore mal ensemble? non,
non, on ne peut plus douter que ces
deux hommes ne soient réunis pour
s'élever ensemble à une grande autorité, et peut-être pour renverser le trône
où vous régnez. En vous parlant ainsi,
je sais que je m'expose à leur ressentiment, si, malgré mes avis sinceres,
vous leur laissez encore votre autorité
dans les mains : mais qu'importe, pourvu que je vous dise la vérité ?

Ces dernieres paroles de Timocrate
firent une grande impression sur moi :
je ne doutai plus de la trahison de Philoclès, et je me défiai de Protésilas com-

me de son ami. Cependant Timocrate me disoit sans cesse : Si vous attendez que Philoclès ait conquis l'isle de Carpathie, il ne sera plus temps d'arrêter ses desseins ; hâtez-vous de vous en assurer pendant que vous le pouvez. J'avois horreur de la profonde dissimulation des hommes ; je ne savois plus à qui me fier. Après avoir découvert la trahison de Philoclès, je ne voyois plus d'hommes sur la terre dont la vertu pût me rassurer. J'étois résolu de faire périr au plutôt ce perfide ; mais je craignois Protésilas, et je ne savois comment faire à son égard. Je craignois de le trouver coupable, et je craignois aussi de me fier à lui.

Enfin, dans mon trouble, je ne pus m'empêcher de lui dire que Philoclès m'étoit devenu suspect. Il en parut surpris ; il me représenta sa conduite droite et modérée ; il m'exagéra ses services ; en un mot, il fit tout ce qu'il falloit

pour me persuader qu'il étoit trop bien
avec lui. D'un autre côté Timocrate ne
perdoit pas un moment pour me faire
remarquer cette intelligence, et pour
m'obliger à perdre Philoclès pendant
que je pouvois encore m'assurer de lui.
Voyez, mon cher Mentor, combien les
rois sont malheureux et exposés à être
le jouet des autres hommes, lors même
que les autres hommes paroissent tremblants à leurs pieds.

Je crus faire un coup d'une profonde
politique, et déconcerter Protésilas,
en envoyant secrètement à l'armée navale Timocrate pour faire mourir Philoclès. Protésilas poussa jusqu'au bout
sa dissimulation, et me trompa d'autant mieux qu'il parut plus naturellement comme un homme qui se laissoit
tromper. Timocrate partit donc, et
trouva Philoclès assez embarrassé dans
sa descente : il manquoit de tout ; car
Protésilas, ne sachant si la lettre sup-

posée pourroit faire périr son ennemi,
vouloit avoir en même temps une autre
ressource prête, par le mauvais succès
d'une entreprise dont il m'avoit fait tant
espérer, et qui ne manqueroit pas de
m'irriter contre Philoclès. Celui-ci soutenoit cette guerre si difficile, par son
courage, par son génie, et par l'amour
que les troupes avoient pour lui. Quoique tout le monde reconnût dans l'armée que cette descente étoit téméraire
et funeste pour les Crétois, chacun tra-
vailloit à la faire réussir, comme s'il
eût vu sa vie et son bonheur attachés
au succès; chacun étoit content de hasarder sa vie à toute heure sous un chef
si sage et si appliqué à se faire aimer.

Timocrate avoit tout à craindre en
voulant faire périr ce chef au milieu
d'une armée qui l'aimoit avec tant de
passion : mais l'ambition furieuse est
aveugle. Timocrate ne trouvoit rien de
difficile pour contenter Protésilas, avec

lequel il s'imaginoit me gouverner absolument après la mort de Philoclès.
Protésilas ne pouvoit souffrir un homme de bien dont la seule vue étoit un
reproche secret de ses crimes, et qui
pouvoit, en m'ouvrant les yeux, renverser ses projets.

Timocrate s'assura de deux capitaines qui étoient sans cesse auprès de
Philoclès ; il leur promit de ma part de
grandes récompenses, et ensuite il dit
à Philoclès qu'il étoit venu pour lui dire
par mon ordre des choses secretes qu'il
ne devoit lui confier qu'en présence de
ces deux capitaines. Philoclès se ren-
ferma avec eux et avec Timocrate. Alors
Timocrate donna un coup de poignard
à Philoclès. Le coup glissa, et n'enfonça guere avant. Philoclès, sans s'étonner, lui arracha le poignard, et s'en
servit contre lui et contre les deux autres : en même temps il cria. On accou-
rut ; on enfonça la porte ; on dégagea

Philoclès des mains de ces trois hommes, qui, étant troublés, l'avoient attaqué foiblement. Ils furent pris, et on
les auroit d'abord déchirés, tant l'indignation de l'armée étoit grande, si Philoclès n'eût arrêté la multitude. Ensuite
il prit Timocrate en particulier, et lui
demanda avec douceur ce qui l'avoit
obligé à commettre une action si noire.
Timocrate, qui craignoit qu'on ne le
fît mourir, se hâta de montrer l'ordre
que je lui avois donné par écrit de tuer
Philoclès ; et comme les traîtres sont
toujours lâches, il songea à sauver sa
vie en découvrant à Philoclès toute la
trahison de Protésilas.

Philoclès, effrayé de voir tant de
malice dans les hommes, prit un parti
plein de modération : il déclara à toute
l'armée que Timocrate étoit innocent;
il le mit en sûreté, le renvoya en Crete,
et déféra le commandement de l'armée

à Polymene, que j'avois nommé, dans mon ordre écrit de ma main, pour commander quand on auroit tué Philoclès. Enfin il exhorta les troupes à la fidélité qu'elles me devoient, et passa pendant la nuit dans une légere barque, qui le conduisit dans l'isle de Samos, où il vit tranquillement dans la pauvreté et dans la solitude, travaillant à faire des statues pour gagner sa vie, ne voulant plus entendre parler des hommes trompeurs et injustes, mais sur-tout des rois, qu'il croit les plus malheureux et les plus aveugles de tous les hommes.

En cet endroit, Mentor arrêta Idoménée : Hé bien, dit-il, fûtes-vous long-temps à découvrir la vérité? Non, répondit Idoménée ; je compris peu-à-peu les artifices de Protésilas et de Timocrate : ils se brouillerent même ; car les méchants ont bien de la peine à demeurer unis. Leur division acheva de

me montrer le fond de l'abîme où ils
m'avoient jetté. Hé bien, reprit Mentor, ne prîtes-vous point le parti de
vous défaire de l'un et de l'autre? Hélas! reprit Idoménée, est-ce, mon cher
Mentor, que vous ignorez la foiblesse
et l'embarras des princes? Quand ils
sont une fois livrés à des hommes corrompus et hardis qui ont l'art de se rendre nécessaires, ils ne peuvent plus espérer aucune liberté. Ceux qu'ils mé-
prisent le plus sont ceux qu'ils traitent
le mieux et qu'ils comblent de bienfaits : j'avois horreur de Protésilas ; et
je lui laissois toute l'autorité. Étrange
illusion ! je me savois bon gré de le
connoître ; et je n'avois pas la force de
reprendre l'autorité que je lui avois
abandonnée. D'ailleurs, je le trouvois
commode, complaisant, industrieux
pour flatter mes passions, ardent pour
mes intérêts. Enfin j'avois une raison

pour m'excuser en moi-même de ma
foiblesse, c'est que je ne connoissois
point de véritable vertu : faute d'avoir
su choisir des gens de bien qui condui-
sissent mes affaires, je croyois qu'il n'y
en avoit point sur la terre, et que la
probité étoit un beau fantôme. Qu'importe, disois-je, de faire un grand éclat
pour sortir des mains d'un homme corrompu, et pour tomber dans celles de
quelque autre qui ne sera ni plus désin-
téressé ni plus sincere que lui?

Cependant l'armée navale comman-
dée par Polymene revint. Je ne songeai
plus à la conquête de l'isle de Carpathie ; et Protésilas ne put dissimuler si
profondément, que je ne découvrisse
combien il étoit affligé de savoir que
Philoclès étoit en sûreté dans Samos.

Mentor interrompit encore Idoménée pour lui demander s'il avoit conti-
nué, après une si noire trahison, à

3.   3

confier toutes ses affaires à Protésilas.

J'étois, lui répondit Idoménée, trop ennemi des affaires et trop inappliqué, pour pouvoir me tirer de ses mains : il auroit fallu renverser l'ordre que j'avois établi pour ma commodité, et instruire un nouvel homme ; c'est ce que je n'eus jamais la force d'entreprendre. J'aimai mieux fermer les yeux pour ne pas voir les artifices de Protésilas. Je me consolois seulement en faisant entendre à certaines personnes de confiance, que je n'ignorois pas sa mauvaise foi. Ainsi je m'imaginois n'être trompé qu'à demi, puisque je savois que j'étois trompé. Je faisois même de temps en temps sentir à Protésilas que je supportois son joug avec impatience. Je prenois souvent plaisir à le contredire, à blâmer publiquement quelque chose qu'il avoit fait, à décider contre son sentiment. Mais comme il connoissoit ma hauteur et ma paresse, il ne s'embarrassoit point de tous mes chagrins ; il revenoit opiniâtrément à la charge ; il usoit tantôt de manieres pressantes, tantôt de souplesse et d'insinuation : sur-tout quand il s'appercevoit que j'étois peiné contre lui, il redoubloit ses soins pour me fournir de nouveaux amusements propres à m'amollir, ou pour m'embarquer en quelque affaire où il eût occasion de se rendre nécessaire et de faire valoir son zele pour ma réputation.

Quoique je fusse en garde contre lui, cette maniere de flatter mes passions m'entraînoit toujours : il savoit mes secrets ; il me soulageoit dans mes embarras ; il faisoit trembler tout le monde par mon autorité. Enfin je ne pus me résoudre à le perdre. Mais, en le maintenant dans sa place, je mis tous les gens de bien hors d'état de me

3.

représenter mes véritables intérêts : depuis ce moment on n'entendit plus dans mes conseils aucune parole libre ; la vérité s'éloigna de moi ; l'erreur, qui prépare la chûte des rois , me punit d'avoir sacrifié Philoclès à la cruelle ambition de Protésilas : ceux même qui avoient le plus de zele pour l'état et pour ma personne se crurent dispensés de me détromper, après un si terrible exemple.

Moi-même, mon cher Mentor, je craignois que la vérité ne perçât le nuage, et qu'elle ne parvînt jusqu'à moi malgré les flatteurs ; car, n'ayant plus la force de la suivre, sa lumiere m'étoit importune : je sentois en moi-même qu'elle m'eût causé de cruels remords, sans pouvoir me tirer d'un si funeste engagement. Ma mollesse et l'ascendant que Protésilas avoit pris insensiblement sur moi me plongeoient dans une espece de désespoir de rentrer jamais en liberté. Je ne voulois ni voir un si honteux état ni le laisser voir aux autres. Vous savez, cher Mentor, la vaine hauteur et la fausse gloire dans laquelle on éleve les rois : ils ne veulent jamais avoir tort. Pour couvrir une faute, il en faut faire cent. Plutôt que d'avouer qu'on s'est trompé, et que de se donner la peine de revenir de son erreur, il faut se laisser tromper toute sa vie. Voilà l'état des princes foibles et inappliqués : c'étoit précisément le mien lorsqu'il fallut que je partisse pour le siege de Troie.

En partant, je laissai Protésilas maître des affaires : il les conduisoit en mon absence avec hauteur et inhumanité. Tout le royaume de Crete gémissoit sous sa tyrannie : mais personne n'osoit me mander l'oppression des peuples ; on savoit que je craignois de voir

3..

la vérité, et que j'abandonnois à la cruauté de Protésilas tous ceux qui entreprenoient de parler contre lui. Mais, moins on osoit éclater, plus le mal étoit violent. Dans la suite il me contraignit de chasser le vaillant Mérion qui m'avoit suivi avec tant de gloire au siege de Troie. Il en étoit devenu jaloux, comme de tous ceux que j'aimois et qui montroient quelque vertu.

Il faut que vous sachiez, mon cher Mentor, que tous mes malheurs sont venus de là. Ce n'est pas tant la mort de mon fils qui causa la révolte des Crétois, que la vengeance des dieux irrités contre mes foiblesses, et la haine des peuples, que Protésilas m'avoit attirée. Quand je répandis le sang de mon fils, les Crétois, lassés d'un gouvernement rigoureux, avoient épuisé toute leur patience; et l'horreur de cette derniere action ne fit que montrer au-dehors ce qui étoit depuis long-temps dans le fond des cœurs.

Timocrate me suivit au siege de Troie, et rendoit compte secrètement par ses lettres à Protésilas de tout ce qu'il pouvoit découvrir. Je sentois bien que j'étois en captivité ; mais je tâchois de n'y penser pas, désespérant d'y remédier. Quand les Crétois, à mon arrivée, se révolterent, Protésilas et Timocrate furent les premiers à s'enfuir. Ils m'auroient sans doute abandonné, si je n'eusse été contraint de m'enfuir presque aussitôt qu'eux. Comptez, mon cher Mentor, que les hommes insolents pendant la prospérité sont toujours foibles et tremblants dans la disgrace : la téte leur tourne aussitôt que l'autorité absolue leur échappe : on les voit aussi rampants qu'ils ont été hautains ; et c'est en un moment qu'ils passent d'une extrémité à l'autre.

Mentor dit à Idoménée : Mais d'où vient donc que connoissant à fond ces deux méchants hommes, vous les gardez encore auprès de vous comme je les vois ? Je ne suis pas surpris qu'ils vous aient suivi, n'ayant rien de meilleur à faire pour leurs intérêts ; je comprends même que vous avez fait une action généreuse de leur donner un asyle dans votre nouvel établissement : mais pourquoi vous livrer encore à eux après tant de cruelles expériences ?

Vous ne savez pas, répondit Idoménée, combien toutes les expériences sont inutiles aux princes amollis et inappliqués qui vivent sans réflexion. Ils sont mécontents de tout ; et ils n'ont le courage de rien redresser. Tant d'années d'habitude étoient des chaînes de fer qui me lioient à ces deux hommes ; et ils m'obsédoient à toute heure. Depuis que je suis ici, ils m'ont jetté dans toutes les dépenses excessives que vous avez vues ; ils ont épuisé cet état naissant ; ils m'ont attiré cette guerre qui m'alloit accabler sans vous. J'aurois bientôt éprouvé à Salente les mêmes malheurs que j'ai sentis en Crete : mais vous m'avez enfin ouvert les yeux, e vous m'avez inspiré le courage qui me manquoit pour me mettre hors de servitude. Je ne sais ce que vous avez fait en moi ; mais, depuis que vous êtes ici, je me sens un autre homme.

Mentor demanda ensuite à Idoménée quelle étoit la conduite de Protésilas dans ce changement des affaires. Rien n'est plus artificieux, répondit Idoménée, que ce qu'il a fait depuis votre arrivée. D'abord il n'oublia rien pour jetter indirectement quelque défiance dans mon esprit. Il ne disoit rien contre vous ; mais je voyois diverses gens qui venoient m'avertir que ces

deux étrangers étoient fort à craindre.
L'un, disoient ils, est le fils du trompeur Ulysse ; l'autre est un homme
caché et d'un esprit profond : ils sont
accoutumés à errer de royaume en
royaume ; qui sait s'ils n'ont point
formé quelque dessein sur celui-ci ?
Ces aventuriers racontent eux-mêmes
qu'ils ont causé de grands troubles
dans tous les pays où ils ont passé : voici un état naissant et mal affermi ; les
moindres mouvements pourroient le
renverser.

Protésilas ne disoit rien ; mais il tâchoit de me faire entrevoir le danger
et l'excès de toutes ces réformes que
vous me faisiez entreprendre. Il me prenoit par mon propre intérêt. Si vous
mettez, disoit-il, les peuples dans l'a-
bondance, ils ne travailleront plus ; ils
deviendront fiers, indociles, et seront
toujours prêts à se révolter : il n'y a que

la foiblesse et la misere qui les rendent
souples, et qui les empêchent de résister à l'autorité. Souvent il tâchoit de
reprendre son ancienne autorité pour
m'entraîner; et il la couvroit d'un prétexte de zele pour mon service. En voulant soulager les peuples, me disoit-il,
vous rabaissez la puissance royale : et
par-là vous faites au peuple même un
tort irréparable; car il a besoin qu'on
le tienne bas pour son propre repos.

A tout cela je répondois que je saurois bien tenir les peuples dans leur devoir en me faisant aimer d'eux; en ne
relâchant rien de mon autorité, quoique je les soulageasse ; en punissant
avec fermeté tous les coupables; enfin,
en donnant aux enfants une bonne éducation, et à tout le peuple une exacte
discipline, pour le tenir dans une vie
simple, sobre et laborieuse. Eh quoi !
disois-je, ne peut-on pas soumettre un

peuple sans le faire mourir de faim ?
Quelle inhumanité ! quelle politique
brutale ! Combien voyons-nous de peuples traités doucement, et très fidèles
à leurs princes ! Ce qui cause les révoltes, c'est l'ambition et l'inquiétude des
grands d'un état, quand on leur a donné trop de licence, et qu'on a laissé
leurs passions s'étendre sans bornes ;
c'est la multitude des grands et des petits qui vivent dans la mollesse, dans
le luxe et dans l'oisiveté ; c'est la trop
grande abondance d'hommes adonnés
à la guerre qui ont négligé toutes les
occupations utiles dans les temps de
paix ; enfin, c'est le désespoir des peuples maltraités ; c'est la dureté, la hauteur des rois, et leur mollesse qui les
rend incapables de veiller sur tous les
membres de l'état pour prévenir les
troubles. Voilà ce qui cause les révoltes,
et non pas le pain qu'on laisse manger

en paix au laboureur, après qu'il l'a
gagné à la sueur de son visage.

Quand Protésilas a vu que j'étois
inébranlable dans ces maximes, il a
pris un parti tout opposé à sa conduite
passée : il a commencé à suivre les maximes qu'il n'avoit pu détruire ; il a fait
semblant de les goûter, d'en être con-
vaincu, de m'avoir obligation de l'avoir
éclairé là-dessus. Il va au-devant de
tout ce que je puis souhaiter pour soulager les pauvres ; il est le premier à
me représenter leurs besoins, et à crier
contre les dépenses excessives. Vous
savez même qu'il vous loue, qu'il vous
témoigne de la confiance, et qu'il n'oublie rien pour vous plaire. Pour Timocrate, il commence à n'être plus si bien
avec Protésilas ; il a songé à se rendre
indépendant : Protésilas en est jaloux ;
et c'est en partie par leurs différends,
que j'ai découvert leur perfidie.

3.   4

Mentor, souriant, répondit ainsi à Idoménée : Quoi donc ! vous avez été foible jusqu'à vous laisser tyranniser pendant tant d'années par deux traîtres dont vous connoissiez la trahison ! Ah ! vous ne savez pas, répondit Idoménée, ce que peuvent les hommes artificieux sur un roi foible et inappliqué qui s'est livré à eux pour toutes ses affaires. D'ailleurs je vous ai déja dit que Protésilas entre maintenant dans toutes vos vues pour le bien public.

Mentor reprit ainsi le discours d'un air grave : Je ne vois que trop combien les méchants prévalent sur les bons auprès des rois : vous en êtes un terrible exemple. Mais vous dites que je vous ai ouvert les yeux sur Protésilas ; et ils sont encore fermés pour laisser le gouvernement de vos affaires à cet homme indigne de vivre. Sachez que les méchants ne sont point des hommes inca-

pables de faire le bien : ils le font indif-
féremment de même que le mal, quand
il peut servir à leur ambition. Le mal
ne leur coûte rien à faire, parcequ'aucun sentiment de bonté ni aucun principe de vertu ne les retient ; mais aussi
ils font le bien sans peine, parceque
leur corruption les porte à le faire pour
paroître bons, et pour tromper le reste
des hommes. A proprement parler, ils
ne sont pas capables de la vertu, quoiqu'ils paroissent la pratiquer ; mais ils
sont capables d'ajouter à tous leurs autres vices le plus horrible des vices, qui
est l'hypocrisie. Tant que vous voudrez
absolument faire le bien, Protésilas sera
prêt à le faire avec vous, pour conserver l'autorité : mais si peu qu'il sente
en vous de facilité à vous relâcher, il
n'oubliera rien pour vous faire retom-
ber dans l'égarement, et pour reprendre en liberté son naturel trompeur et

4.

féroce. Pouvez-vous vivre avec honneur et en repos, pendant qu'un tel homme vous obsede à toute heure, et que vous savez le sage et le fidele Philoclès pauvre et déshonoré dans l'isle de Samos ?

Vous reconnoissez bien, ô Idoménée, que les hommes trompeurs et hardis qui sont présents entraînent les princes foibles : mais vous deviez ajouter que les princes ont encore un autre malheur qui n'est pas moindre ; c'est celui d'oublier facilement la vertu et les services d'un homme éloigné. La multitude des hommes qui environnent les princes est cause qu'il n'y en a aucun qui fasse une impression profonde sur eux : ils ne sont frappés que de ce qui est présent et qui les flatte ; tout le reste s'efface bientôt. Sur-tout la vertu les touche peu, parceque la vertu, loin de les flatter, les contredit et les

condamne dans leurs foiblesses. Faut-
il s'étonner s'ils ne sont point aimés,
puisqu'ils ne sont point aimables et
qu'ils n'aiment rien que leur grandeur
et leurs plaisirs !

F I N D U L I V R E T R E I Z I E M E.

SOMMAIRE

DU LIVRE QUATORZIEME.

Mentor oblige Idoménée à faire conduire Protésilas et Timocrate en l'isle de Samos, et à rappeller Philoclès pour le remettre en honneur auprès de lui. Hégésippe, qui est chargé de cet ordre, l'exécute avec joie. Il arrive avec ces deux hommes à Samos, où il revoit son ami Philoclès content d'y mener une vie pauvre et solitaire. Celui-ci ne consent qu'avec beaucoup de peine à retourner parmi les siens : mais, après avoir reconnu que les dieux le veulent, il s'embarque avec Hégésippe, et arrive à Salente, où Idoménée, qui n'est plus le même homme, le reçoit avec amitié.

LIVRE QUATORZIEME.

Après avoir dit ces paroles, Mentor persuada à Idoménée qu'il falloit au plutôt chasser Protésilas et Timocrate, pour rappeller Philoclès. L'unique difficulté qui arrêtoit le roi, c'est qu'il craignoit la sévérité de Philoclès. J'avoue, disoit-il, que je ne puis m'empêcher de craindre un peu son retour, quoique je l'aime et que je l'estime. Je suis depuis ma tendre jeunesse accoutumé à des louanges, à des empressements, à des complaisances, que je ne saurois espérer de trouver dans cet homme. Dès que je faisois quelque chose qu'il n'approuvoit pas, son air triste me marquoit assez qu'il me condamnoit. Quand il étoit en particulier avec moi, ses manieres étoient respectueuses et modérées, mais seches.

Ne voyez-vous pas, lui répondit Mentor, que les princes gâtés par la flatterie trouvent sec et austere tout ce qui est libre et ingénu? Ils vont même jusqu'à s'imaginer qu'on n'est pas zélé pour leur service, et qu'on n'aime pas leur autorité, dès qu'on n'a point l'ame servile, et qu'on n'est pas prêt à les flatter dans l'usage le plus injuste de leur puissance. Toute parole libre et généreuse leur paroît hautaine, critique et séditieuse. Ils deviennent si délicats, que tout ce qui n'est point flatteur les blesse et les irrite. Mais allons plus loin. Je suppose que Philoclès est effectivement sec et austere : son austérité ne vaut-elle pas mieux que la flatterie pernicieuse de vos conseillers? Où trouverez-vous un homme sans défaut? et le défaut de vous dire trop hardiment la vérité n'est-il pas celui que vous devez le moins craindre? que dis-je! n'est-ce pas un défaut nécessaire pour corriger les vôtres, et pour vaincre le dégoût de la vérité où la flatterie vous a fait tomber? Il vous faut un homme qui n'aime que la vérité et vous; qui vous aime mieux que vous ne savez vous aimer vous-même; qui vous dise la vérité malgré vous; qui force tous vos retranchements : et cet homme nécessaire, c'est Philoclès. Souvenez-vous qu'un prince est trop heureux quand il naît un seul homme sous son regne avec cette générosité, qui est le plus précieux trésor de l'état; et que la plus grande punition qu'il doit craindre des dieux est de perdre un tel homme, s'il s'en rend indigne faute de savoir s'en servir.

Pour les défauts des gens de bien, il faut les savoir connoître, et ne laisser pas de se servir d'eux. Redressez-les; ne vous livrez jamais aveuglément à leur zele indiscret : mais écoutez-les favorablement, honorez leur vertu, montrez au public que vous savez la distinguer,

et sur-tout gardez-vous bien d'être plus
long-temps comme vous avez été jusqu'ici. Les princes gâtés comme vous
l'étiez, se contentant de mépriser les
hommes corrompus, ne laissent pas de
les employer avec confiance, et de les
combler de bienfaits : d'un autre côté,
ils se piquent de connoître aussi les
hommes vertueux ; mais ils ne leur donnent que de vains éloges, n'osant, ni
leur confier les emplois, ni les admet-
tre dans leur commerce familier, ni
répandre des bienfaits sur eux.

Alors Idoménée dit qu'il étoit honteux d'avoir tant tardé à délivrer l'innocence opprimée, et à punir ceux qui
l'avoient trompé. Mentor n'eut même
aucune peine à déterminer le roi à perdre son favori : car aussitôt qu'on est
parvenu à rendre les favoris suspects et
importuns à leurs maîtres, les princes,
lassés et embarrassés, ne cherchent plus
qu'à s'en défaire ; leur amitié s'éva-

nouit, les services sont oubliés : la chûte des favoris ne leur coûte rien, pourvu qu'ils ne les voient plus.

Aussitôt le roi ordonna en secret à Hégésippe, qui étoit un des principaux officiers de sa maison, de prendre Protésilas et Timocrate, de les conduire en sûreté dans l'isle de Samos, de les y laisser, et de ramener Philoclès de ce lieu d'exil. Hégésippe, surpris de cet ordre, ne put s'empêcher de pleurer de joie. C'est maintenant, dit-il au roi, que vous allez charmer vos sujets. Ces deux hommes ont causé tous vos malheurs et tous ceux de vos peuples : il y a vingt ans qu'ils font gémir tous les gens de bien, et qu'à peine ose-t-on même gémir, tant leur tyrannie est cruelle : ils accablent tous ceux qui entreprennent d'aller à vous par un autre canal que le leur.

Ensuite Hégésippe découvrit au roi un grand nombre de perfidies et d'in-

humanités commises par ces deux hommes, dont le roi n'avoit jamais entendu
parler, parceque personne n'osoit les
accuser. Il lui raconta même ce qu'il
avoit découvert d'une conjuration secrete pour faire périr Mentor. Le roi
eut horreur de tout ce qu'il entendoit.

Hégésippe se hâta d'aller prendre
Protésilas dans sa maison : elle étoit
moins grande, mais plus commode et
plus riante que celle du roi ; l'architec-
ture étoit de meilleur goût : Protésilas
l'avoit ornée avec une dépense tirée du
sang des misérables. Il étoit alors dans
un salon de marbre auprès de ses bains,
couché négligemment sur un lit de
pourpre avec une broderie d'or ; il paroissoit las et épuisé de ses travaux : ses
yeux et ses sourcils montroient je ne
sais quoi d'agité, de sombre et de farouche. Les plus grands de l'état é-
toient autour de lui rangés sur des tapis,
composant leurs visages sur celui de

Protésilas, dont ils observoient jusqu'au moindre clin-d'œil. A peine ou-
vroit-il la bouche, que tout le monde
se récrioit pour admirer ce qu'il alloit
dire. Un des principaux de la troupe lui
racontoit avec des exagérations ridi-
cules ce que Protésilas lui-même avoit
fait pour le roi. Un autre lui assuroit
que Jupiter, ayant trompé sa mere, lui
avoit donné la vie, et qu'il étoit fils du
pere des dieux. Un poëte venoit lui
chanter des vers, où il disoit que Protésilas, instruit par les muses, avoit é-
galé Apollon pour tous les ouvrages
d'esprit. Un autre poëte, encore plus
lâche et plus impudent, l'appelloit dans
ses vers l'inventeur des beaux arts et
le pere des peuples, qu'il rendoit heureux : il le dépeignoit tenant en main
la corne d'abondance.

Protésilas écoutoit toutes ces louanges d'un air sec, distrait et dédaigneux;
comme un homme qui sait bien qu'il en

3.   5

mérite encore de plus grandes, et qui
fait trop de grace de se laisser louer. Il
y avoit un flatteur qui prit la liberté de
lui parler à l'oreille, pour lui dire quelque chose de plaisant contre la police
que Mentor tâchoit d'établir. Protésilas
sourit : toute l'assemblée se mit aussitôt
à rire, quoique la plupart ne pussent
point encore savoir ce qu'on avoit dit.
Mais Protésilas reprenant bientôt son
air sévere et hautain, chacun rentra
dans la crainte et dans le silence. Plusieurs nobles cherchoient le moment
où Protésilas pourroit se retourner vers
eux et les écouter : ils paroissoient émus
et embarrassés ; c'est qu'ils avoient à
lui demander des graces : leurs postu-
res suppliantes parloient pour eux ; ils
paroissoient aussi soumis qu'une mere
au pied des autels, lorsqu'elle demande
aux dieux la guérison de son fils unique. Tous paroissoient contents, atten-
dris, pleins d'admiration pour Proté-

silas, quoique tous eussent contre lui dans le cœur une rage implacable.

Dans ce moment Hégésippe entre, saisit l'épée de Protésilas, et lui déclare, de la part du roi, qu'il va l'emmener dans l'isle de Samos. A ces paroles, toute l'arrogance de ce favori tomba comme un rocher qui se détache du sommet d'une montagne escarpée. Le voilà qui se jette tremblant et troublé aux pieds d'Hégésippe; il pleure, il hésite, il bégaie, il tremble, il embrasse les genoux de cet homme qu'il ne daignoit pas, une heure auparavant, honorer d'un de ses regards. Tous ceux qui l'encensoient, le voyant perdu sans ressource, changerent leurs flatteries en des insultes sans pitié.

Hégésippe ne voulut lui laisser le temps, ni de faire ses derniers adieux à sa famille, ni de prendre certains écrits secrets. Tout fut saisi, et porté au roi. Timocrate fut arrêté dans le même temps : et sa surprise fut extrême ; car il croyoit qu'étant brouillé avec Protésilas il ne pouvoit être enveloppé dans sa ruine. Ils partent dans un vaisseau qu'on avoit préparé : on arrive à Samos. Hégésippe y laisse ces deux malheureux ; et pour mettre le comble à leur malheur, il les laisse ensemble. Là ils se reprochent avec fureur l'un à l'autre les crimes qu'ils ont faits, qui sont cause de leur chûte : ils se trouvent sans espérance de revoir jamais Salente, condamnés à vivre loin de leurs femmes et de leurs enfants ; je ne dis pas loin de leurs amis, car ils n'en avoient point. On les laissoit dans une terre inconnue, où ils ne devoient plus avoir d'autre ressource pour vivre que leur travail, eux qui avoient passé tant d'années dans les délices et dans le faste. Semblables à deux bêtes farouches, ils étoient toujours prêts à se déchirer l'un l'autre.

Cependant Hégésippe demanda en quel lieu de l'isle demeuroit Philoclès. On lui dit qu'il demeuroit assez loin de la ville, sur une montagne où une grotte lui servoit de maison. Tout le monde lui parla avec admiration de cet étranger. Depuis qu'il est dans cette isle, lui disoit-on, il n'a offensé personne : chacun est touché de sa patience, de son travail, de sa tranquillité. N'ayant rien, il paroît toujours content. Quoiqu'il soit ici loin des affaires, sans bien et sans autorité, il ne laisse pas d'obliger ceux qui le méritent, et il a mille industries pour faire plaisir à tous ses voisins.

Hégésippe s'avance vers cette grotte : il la trouve vuide et ouverte; car la pauvreté et la simplicité des mœurs de Philoclès faisoient qu'il n'avoit en sortant aucun besoin de fermer sa porte. Une natte de jonc grossier lui servoit de lit. Rarement il allumoit du feu,

5..

parcequ'il ne mangeoit rien de cuit : il se nourrissoit, pendant l'été, de fruits nouvellement cueillis; et en hiver, de dattes et de figues seches. Une claire fontaine, qui faisoit une nappe d'eau en tombant d'un rocher, le désalteroit. Il n'avoit dans sa grotte que les instruments nécessaires à la sculpture, et quelques livres qu'il lisoit à certaines heures, non pour orner son esprit, ni pour contenter sa curiosité, mais pour s'instruire en se délassant de ses travaux, et pour apprendre à être bon. Pour la sculpture, il ne s'y appliquoit que pour exercer son corps, fuir l'oisiveté, et gagner sa vie sans avoir besoin de personne.

Hégésippe, en entrant dans la grotte, admira les ouvrages qui étoient commencés. Il remarqua un Jupiter dont le visage serein étoit si plein de majesté, qu'on le reconnoissoit aisément pour le pere des dieux et des hommes. D'un

autre côté paroissoit Mars avec une
fierté rude et menaçante. Mais ce qui
étoit de plus touchant, c'étoit une Minerve qui animoit les arts; son visage
étoit noble et doux; sa taille, grande
et libre : elle étoit dans une action si
vive, qu'on auroit pu croire qu'elle alloit marcher.

Hégésippe, ayant pris plaisir à voir
ces statues, sortit de la grotte, et vit
de loin, sous un grand arbre, Philoclès
qui lisoit sur le gazon : il va vers lui; et
Philoclès, qui l'apperçoit, ne sait que
croire. N'est-ce point là, dit-il en lui-
même, Hégésippe avec qui j'ai si long-
temps vécu en Crete? Mais quelle ap-
parence qu'il vienne dans une isle si
éloignée? ne seroit-ce point son ombre qui viendroit après sa mort des rives du Styx?

Pendant qu'il étoit dans ce doute,
Hégésippe arriva si proche de lui, qu'il
ne put s'empêcher de le reconnoître et

de l'embrasser. Est-ce donc vous, dit-
il, mon cher et ancien ami? quel ha-
sard, quelle tempête vous a jetté sur
ce rivage? pourquoi avez-vous abandonné l'isle de Crete? est-ce une disgrace semblable à la mienne qui vous
arrache à notre patrie?

Hégésippe lui répondit : Ce n'est
point une disgrace; au contraire, c'est
la faveur des dieux qui m'amene ici.
Aussitôt il lui raconta la longue tyrannie de Protésilas, ses intrigues avec Timocrate, les malheurs où ils avoient
précipité Idoménée, la chûte de ce prince, sa fuite sur les côtes de l'Hespérie,
la fondation de Salente, l'arrivée de
Mentor et de Télémaque, les sages maximes dont Mentor avoit rempli l'esprit
du roi, et la disgrace des deux traîtres :
il ajouta qu'il les avoit menés à Samos
pour y souffrir l'exil qu'ils avoient fait
souffrir à Philoclès; et il finit en lui disant qu'il avoit ordre de le conduire à

Salente, où le roi, qui connoissoit son innocence, vouloit lui confier ses affaires et le combler de biens.

Voyez-vous, lui répondit Philoclès, cette grotte, plus propre à cacher des bêtes sauvages qu'à être habitée par des hommes? j'y ai goûté depuis tant d'années plus de douceur et de repos que dans les palais dorés de l'isle de Crete. Les hommes ne me trompent plus; car je ne vois plus les hommes, je n'entends plus leurs discours flatteurs et empoisonnés : je n'ai plus besoin d'eux; mes mains endurcies au travail me donnent facilement la nourriture simple qui m'est nécessaire : il ne me faut, comme vous voyez, qu'une légere étoffe pour me couvrir. N'ayant plus de besoins, jouissant d'un calme profond et d'une douce liberté dont la sagesse de mes livres m'apprend à faire un bon usage, qu'irois-je encore chercher parmi les hommes, jaloux, trom-

peurs et inconstants? Non, non, mon
cher Hégésippe, ne m'enviez point mon
bonheur. Protésilas s'est trahi lui-même, voulant trahir le roi, et me perdre ; mais il ne m'a fait aucun mal : au
contraire, il m'a fait le plus grand des
biens, il m'a délivré du tumulte et de
la servitude des affaires : je lui dois ma
chere solitude, et tous les plaisirs innocents que j'y goûte.

Retournez, ô Hégésippe! retournez
vers le roi : aidez-lui à supporter les
miseres de la grandeur, et faites auprès
de lui ce que vous voudriez que je fisse.
Puisque ses yeux, si long-temps fermés
à la vérité, ont été enfin ouverts par cet
homme sage que vous nommez Men-
tor, qu'il le retienne auprès de lui. Pour
moi, après mon naufrage, il ne me con-
vient pas de quitter le port où la tempête m'a heureusement jetté, pour me
remettre à la merci des flots. Oh! que
les rois sont à plaindre! oh! que ceux

qui les servent sont dignes de compassion ! S'ils sont méchants , combien
font-ils souffrir les hommes ! et quels
tourments leur sont préparés dans le
noir tartare ! S'ils sont bons, quelles
difficultés n'ont-ils pas à vaincre ! quels
pieges à éviter ! que de maux à souffrir ! Encore une fois, Hégésippe, lais-
sez-moi dans mon heureuse pauvreté.

Pendant que Philoclès parloit ainsi
avec beaucoup de véhémence, Hégésippe le regardoit avec étonnement. Il
l'avoit vu autrefois en Crete, pendant
qu'il gouvernoit les plus grandes affaires, maigre, languissant, épuisé: c'est
que son naturel ardent et austere le
consumoit dans le travail ; il ne pouvoit voir sans indignation le vice im-
puni ; il vouloit, dans les affaires, une
certaine exactitude qu'on n'y trouve
jamais : ainsi ses emplois détruisoient
sa santé délicate. Mais à Samos Hégésippe le voyoit gras et vigoureux : mal-

gré les ans, la jeunesse fleurie s'étoit renouvellée sur son visage; une vie sobre, tranquille et laborieuse, lui avoit fait comme un nouveau tempérament.

Vous êtes surpris de me voir si changé, dit alors Philoclès en souriant; c'est ma solitude qui m'a donné cette fraîcheur et cette santé parfaite : mes ennemis m'ont donné ce que je n'aurois jamais pu trouver dans la plus grande fortune. Voulez-vous que je perde les vrais biens pour courir après les faux, et pour me replonger dans mes anciennes miseres? ne soyez pas plus cruel que Protésilas; du moins ne m'enviez pas le bonheur que je tiens de lui.

Alors Hégésippe lui représenta, mais inutilement, tout ce qu'il crut propre à le toucher. Êtes-vous donc, lui disoit-il, insensible au plaisir de revoir vos proches et vos amis, qui soupirent après votre retour, et que la seule espérance de vous embrasser comble de

joie? Mais vous, qui craignez les dieux,
et qui aimez votre devoir, comptez-
vous pour rien de servir votre roi, de
l'aider dans tous les biens qu'il veut
faire, et de rendre tant de peuples heureux? Est-il permis de s'abandonner à
une philosophie sauvage, de se préfé-
rer à tout le reste du genre humain, et
d'aimer mieux son repos que le bonheur de ses concitoyens? Au reste, on
croira que c'est par ressentiment que
vous ne voulez plus voir le roi. S'il
vous a voulu faire du mal, c'est qu'il
ne vous a point connu : ce n'étoit pas
le véritable, le bon, le juste Philoclès,
qu'il a voulu faire périr; c'étoit un homme bien différent qu'il vouloit punir.
Mais maintenant qu'il vous connoît,
et qu'il ne vous prend plus pour un autre, il sent toute son ancienne amitié
revivre dans son cœur : il vous attend;
déja il vous tend les bras pour vous
embrasser ; dans son impatience, il

3. 6

compte les jours et les heures. Aurez-
vous le cœur assez dur pour être inexorable à votre roi et à tous vos plus tendres amis?

Philoclès, qui avoit d'abord été at-
tendri en reconnoissant Hégésippe, reprit son air austere en écoutant ce discours. Semblable à un rocher contre
lequel les vents combattent en vain, et
où toutes les vagues vont se briser en
gémissant, il demeuroit immobile; et
les prieres ni les raisons ne trouvoient
aucune ouverture pour entrer dans son
cœur. Mais au moment où Hégésippe
commençoit à désespérer de le vaincre,
Philoclès, ayant consulté les dieux, découvrit, par le vol des oiseaux, par les
entrailles des victimes, et par divers autres présages, qu'il devoit suivre Hégésippe.

Alors il ne résista plus, il se prépara
à partir; mais ce ne fut pas sans regret-
ter le désert où il avoit passé tant d'an-

nées. Hélas! disoit-il, faut-il que je vous quitte, ô aimable grotte, où le sommeil paisible venoit toutes les nuits me délasser des travaux du jour! ici les Parques me filoient, au milieu de ma pauvreté, des jours d'or et de soie. Il se prosterna, en pleurant, pour adorer la naïade qui l'avoit si long-temps désaltéré par son onde claire, et les nymphes qui habitoient dans toutes les montagnes voisines. Écho entendit ses regrets, et, d'une triste voix, les répéta à toutes les divinités champêtres.

Ensuite Philoclès vint à la ville avec Hégésippe pour s'embarquer. Il crut que le malheureux Protésilas, plein de honte et de ressentiment, ne voudroit point le voir : mais il se trompoit ; car les hommes corrompus n'ont aucune pudeur, et ils sont toujours prêts à toute sorte de bassesses. Philoclès se cachoit modestement de peur d'être vu par ce misérable : il craignoit d'aug-

6.

menter sa misere en lui montrant la
prospérité d'un ennemi qu'on alloit élever sur ses ruines. Mais Protésilas cherchoit avec empressement Philoclès; il
vouloit lui faire pitié, et l'engager à
demander au roi qu'il pût retourner à
Salente. Philoclès étoit trop sincere
pour lui promettre de travailler à le
faire rappeller, car il savoit mieux que
personne combien son retour eût été
pernicieux : mais il lui parla fort doucement, lui témoigna de la compassion,
tâcha de le consoler, l'exhorta à appaiser les dieux par des mœurs pures et
par une grande patience dans ses maux.
Comme il avoit appris que le roi avoit
ôté à Protésilas tous ses biens injustement acquis, il lui promit deux choses,
qu'il exécuta fidèlement dans la suite:
l'une fut de prendre soin de sa femme
et de ses enfants, qui étoient demeurés
à Salente dans une affreuse pauvreté,
exposés à l'indignation publique; l'au-

tre étoit d'envoyer à Protésilas, dans cette isle éloignée, quelque secours d'argent pour adoucir sa misere.

Cependant les voiles s'enflent d'un vent favorable. Hégésippe, impatient, se hâte de faire partir Philoclès. Protésilas les voit embarquer : ses yeux demeurent attachés et immobiles sur le rivage ; ils suivent le vaisseau qui fend les ondes, et que le vent éloigne toujours. Lors même qu'il ne peut plus le voir, il en repeint encore l'image dans son esprit. Enfin, troublé, furieux, livré à son désespoir, il s'arrache les cheveux, se roule sur le sable, reproche aux dieux leur rigueur, appelle en vain à son secours la cruelle mort, qui, sourde à ses prieres, ne daigne le délivrer de tant de maux, et qu'il n'a pas le courage de se donner lui-même.

Cependant le vaisseau, favorisé de Neptune et des vents, arriva bientôt à Salente. On vint dire au roi qu'il en-

6..

troit déja dans le port. Aussitôt il courut avec Mentor au-devant de Philoclès; il l'embrassa tendrement, lui témoigna un sensible regret de l'avoir persécuté avec tant d'injustice. Cet aveu, bien loin de paroître une foiblesse dans un roi, fut regardé par tous les Salentins comme l'effort d'une grande ame, qui s'éleve au-dessus de ses propres fautes en les avouant avec courage pour les réparer. Tout le monde pleuroit de joie de revoir l'homme de bien qui avoit toujours aimé le peuple, et d'entendre le roi parler avec tant de sagesse et de bonté.

Philoclès, avec un air respectueux et modeste, recevoit les caresses du roi, et avoit impatience de se dérober aux acclamations du peuple; il suivit le roi au palais. Bientôt Mentor et lui furent dans la même confiance que s'ils avoient passé leur vie ensemble, quoiqu'ils ne se fussent jamais vus : c'est

que les dieux, qui ont refusé aux méchants des yeux pour connoître les
bons, ont donné aux bons de quoi se
connoître les uns les autres. Ceux qui
ont le goût de la vertu ne peuvent être
ensemble sans être unis par la vertu
qu'ils aiment.

Bientôt Philoclès demanda au roi de
se retirer auprès de Salente dans une
solitude, où il continua à vivre pau-
vrement comme il avoit vécu à Samos.
Le roi alloit avec Mentor le voir presque tous les jours dans son désert. C'est
là qu'on examinoit les moyens d'affer-
mir les loix, et de donner une forme
solide au gouvernement pour le bonheur public.

Les deux principales choses qu'on
examina furent l'éducation des enfants
et la maniere de vivre pendant la paix.

Pour les enfants, Mentor disoit qu'ils
appartiennent moins à leurs parents
qu'à la république; ils sont les enfants

du peuple, ils en sont l'espérance et la
force; il n'est pas temps de les corriger
quand ils se sont corrompus. C'est peu
que de les exclure des emplois, lorsqu'on voit qu'ils s'en sont rendus indi-
gnes : il vaut bien mieux prévenir le
mal, que d'être réduit à le punir. Le
roi, ajoutoit-il, qui est le pere de tout
son peuple, est encore plus particuliè-
rement le pere de toute la jeunesse,
qui est la fleur de toute la nation. C'est
dans la fleur qu'il faut préparer les
fruits. Que le roi ne dédaigne donc pas
de veiller et de faire veiller sur l'éducation qu'on donne aux enfants ; qu'il
tienne ferme pour faire observer les loix
de Minos, qui ordonnent qu'on éleve
les enfants dans le mépris de la douleur et de la mort. Qu'on mette l'honneur à fuir les délices et les richesses :
que l'injustice, le mensonge, l'ingratitude, la mollesse, passent pour des
vices infâmes. Qu'on leur apprenne

dès leur tendre enfance à chanter les louanges des héros qui ont été aimés des dieux, qui ont fait des actions généreuses pour leur patrie, et qui ont fait éclater leur courage dans les combats : que le charme de la musique saisisse leurs ames pour rendre leurs mœurs douces et pures. Qu'ils apprennent à être tendres pour leurs amis, fideles à leurs alliés, équitables pour tous les hommes, même pour leurs plus cruels ennemis : qu'ils craignent moins la mort et les tourments, que le moindre reproche de leur conscience. Si de bonne heure on remplit les enfants de ces grandes maximes, et qu'on les fasse entrer dans leur cœur par la douceur du chant, il y en aura peu qui ne s'enflamment de l'amour de la gloire et de la vertu.

Mentor ajoutoit qu'il étoit capital d'établir des écoles publiques pour accoutumer la jeunesse aux plus rudes

exercices du corps, et pour éviter la
mollesse et l'oisiveté, qui corrompent
les plus beaux naturels : il vouloit une
grande variété de jeux et de spectacles
qui animassent tout le peuple, mais
sur-tout qui exerçassent les corps pour
les rendre adroits, souples, vigoureux:
il ajoutoit des prix, pour exciter une
noble émulation. Mais ce qu'il souhai-
toit le plus pour les bonnes mœurs,
c'est que les jeunes gens se mariassent
de bonne heure, et que leurs parents,
sans aucune vue d'intérêt, leur laissas-
sent choisir des femmes agréables de
corps et d'esprit, auxquelles ils pussent
s'attacher.

Mais pendant qu'on préparoit ainsi
les moyens de conserver la jeunesse
pure, innocente, laborieuse, docile,
et passionnée pour la gloire, Philoclès,
qui aimoit la guerre, disoit à Mentor :
En vain vous occuperez les jeunes gens

à tous ces exercices, si vous les laissez languir dans une paix continuelle, où ils n'auront aucune expérience de la guerre, ni aucun besoin de s'éprouver sur la valeur. Par là vous affoiblirez insensiblement la nation, les courages s'amolliront, les délices corrompront les mœurs. D'autres peuples belliqueux n'auront aucune peine à les vaincre; et, pour avoir voulu éviter les maux que la guerre entraîne après elle, ils tomberont dans une affreuse servitude.

Mentor lui répondit : Les maux de la guerre sont encore plus horribles que vous ne pensez. La guerre épuise un état et le met toujours en danger de périr, lors même qu'on remporte les plus grandes victoires. Avec quelques avantages qu'on la commence, on n'est jamais sûr de la finir sans être exposé aux plus tragiques renversements de la fortune. Avec quelque supériorité de force qu'on s'engage dans un combat, le moindre mécompte, une terreur panique, un rien vous arrache la victoire qui étoit déja dans vos mains, et la transporte chez vos ennemis. Quand même on tiendroit dans son camp la victoire comme enchaînée, on se détruit soi-même en détruisant ses ennemis; on dépeuple son pays; on laisse les terres presque incultes; on trouble le commerce: mais ce qui est bien pis, on affoiblit les meilleures loix, et on laisse corrompre les mœurs; la jeunesse ne s'adonne plus aux lettres; le pressant besoin fait qu'on souffre une licence pernicieuse dans les troupes; la justice, la police, tout souffre de ce désordre. Un roi qui verse le sang de tant d'hommes, et qui cause tant de malheurs pour acquérir un peu de gloire ou pour étendre les bornes de son royaume, est indigne de la gloire qu'il cherche, et mérite de perdre ce qu'il possede, pour avoir voulu usurper ce qui ne lui appartient pas.

Mais voici le moyen d'exercer le courage d'une nation en temps de paix. Vous avez déja vu les exercices du corps que nous établissons, les prix qui exciteront l'émulation, les maximes de gloire et de vertu dont on remplira les ames des enfants presque dès le berceau par le chant des grandes actions des héros; ajoutez à ces secours celui d'une vie sobre et laborieuse. Mais ce n'est pas tout : aussitôt qu'un peuple allié de votre nation aura une guerre, il faut y envoyer la fleur de votre jeunesse, surtout ceux en qui on remarquera le génie de la guerre, et qui seront les plus propres à profiter de l'expérience. Par là vous conserverez une haute réputation chez vos alliés ; votre alliance sera recherchée, on craindra de la perdre :

3.   7

sans avoir la guerre chez vous et à vos
dépens, vous aurez toujours une jeunesse aguerrie et intrépide. Quoique
vous ayez la paix chez vous, vous ne
laisserez pas de traiter avec de grands
honneurs ceux qui auront le talent de
la guerre : car le vrai moyen d'éloigner
la guerre et de conserver une longue
paix, c'est de cultiver les armes ; c'est
d'honorer les hommes qui excellent
dans cette profession ; c'est d'en avoir
toujours qui s'y soient exercés dans les
pays étrangers, qui connoissent les forces, la discipline militaire et les manieres de faire la guerre des peuples
voisins ; c'est d'être également incapa-
ble et de faire la guerre par ambition
et de la craindre par mollesse. Alors,
étant toujours prêt à la faire pour la nécessité, on parvient à ne l'avoir presque jamais.

Pour les alliés, quand ils sont prêts

à se faire la guerre les uns aux autres,
c'est à vous à vous rendre médiateur.
Par là vous acquérez une gloire plus
solide et plus sûre que celle des con-
quérants ; vous gagnez l'amour et l'estime des étrangers ; ils ont tous besoin
de vous ; vous régnez sur eux par la
confiance, comme vous régnez sur vos
sujets par l'autorité ; vous devenez le dé-
positaire des secrets, l'arbitre des traités, le maître des cœurs ; votre réputation vole dans tous les pays les plus
éloignés ; vòtre nom est comme un par-
fum délicieux qui s'exhale de pays en
pays chez les peuples les plus reculés.
En cet état, qu'un peuple voisin vous
attaque contre les regles de la justice,
il vous trouve aguerri, préparé : mais
ce qui est bien plus fort, il vous trouve
aimé, et secouru ; tous vos voisins s'a-
larment pour vous, et sont persuadés
que votre conservation fait la sûreté

publique. Voilà un rempart bien plus assuré que toutes les murailles des villes, et que toutes les places les mieux fortifiées : voilà la véritable gloire. Mais qu'il y a peu de rois qui sachent la chercher, et qui ne s'en éloignent point ! ils courent après une ombre trompeuse, et laissent derriere eux le vrai honneur, faute de le connoître.

Après que Mentor eut parlé ainsi, Philoclès étonné le regardoit ; puis il jettoit les yeux sur le roi, et étoit charmé de voir avec quelle avidité Idoménée recueilloit au fond de son cœur toutes les paroles qui sortoient comme un fleuve de sagesse de la bouche de cet étranger.

Minerve, sous la figure de Mentor, établissoit ainsi dans Salente toutes les meilleures loix et les plus utiles maximes du gouvernement, moins pour faire fleurir le royaume d'Idoménée, que pour montrer à Télémaque, quand il reviendroit, un exemple sensible de ce qu'un sage gouvernement peut faire pour rendre les peuples heureux, et pour donner à un bon roi une gloire durable.

F I N D U L I V R E Q U A T O R Z I E M E.

SOMMAIRE
DU LIVRE QUINZIEME.

Télémaque, au camp des alliés, gagne l'inclination de Philoctete, d'abord indisposé contre lui à cause d'Ulysse son pere. Philoctete lui raconte ses aventures, où il fait entrer les particularités de la mort d'Hercule, causée par la tunique empoisonnée que le Centaure Nessus avoit donnée à Déjanire. Il lui explique comment il obtint de ce héros ses fleches fatales, sans lesquelles la ville de Troie ne pouvoit être prise ; comment il fut puni d'avoir trahi son secret, par tous les maux qu'il souffrit dans l'isle de Lemnos, et comme Ulysse se servit de Néoptoleme pour l'engager à aller au siege de Troie, où il fut guéri de sa blessure par les fils d'Esculape.

LIVRE QUINZIEME.

CEPENDANT Télémaque montroit son courage dans les périls de la guerre. En partant de Salente, il s'appliqua à gagner l'affection des vieux capitaines dont la réputation et l'expérience étoient au comble. Nestor, qui l'avoit déja vu à Pylos, et qui avoit toujours aimé Ulysse, le traitoit comme s'il eût été son propre fils. Il lui donnoit des instructions, qu'il appuyoit de divers exemples : il lui racontoit toutes les aventures de sa jeunesse, et tout ce qu'il avoit vu faire de plus remarquable aux héros de l'âge passé. La mémoire de ce sage vieillard, qui avoit vécu trois âges d'homme, étoit comme une histoire des anciens temps gravée sur le marbre et sur l'airain.

Philoctete n'eut pas d'abord la mê-

me inclination que Nestor pour Télémaque : la haine qu'il avoit nourrie si
long-temps dans son cœur contre Ulysse l'éloignoit de son fils ; et il ne pouvoit voir qu'avec peine tout ce qu'il sembloit que les dieux préparoient en faveur
de ce jeune homme pour le rendre égal
aux héros qui avoient renversé la ville
de Troie. Mais enfin la modération de
Télémaque vainquit tous les ressentiments de Philoctete ; il ne put se défendre d'aimer cette vertu douce et modeste. Il prenoit souvent Télémaque,
et lui disoit : Mon fils (car je ne crains
plus de vous nommer ainsi), votre pere
et moi, je l'avoue, nous avons été long-
temps ennemis l'un de l'autre : j'avoue
même qu'après que nous eûmes fait
tomber la superbe ville de Troie mon
cœur n'étoit point encore appaisé ; et
quand je vous ai vu, j'ai senti de la peine
à aimer la vertu dans le fils d'Ulysse.
Je me le suis souvent reproché. Mais

enfin la vertu, quand elle est douce, simple, ingénue et modeste, surmonte tout. Ensuite Philoctete s'engagea insensiblement à lui raconter ce qui avoit allumé dans son cœur tant de haine contre Ulysse.

Il faut, dit-il, reprendre mon histoire de plus haut. Je suivois par-tout le grand Hercule qui a délivré la terre de tant de monstres, et devant qui les autres héros n'étoient que comme sont les foibles roseaux auprès d'un grand chêne, ou comme les moindres oiseaux en présence de l'aigle. Ses malheurs et les miens vinrent d'une passion qui cause tous les désastres les plus affreux, c'est l'amour. Hercule, qui avoit vaincu tant de monstres, ne pouvoit vaincre cette passion honteuse, et le cruel enfant Cupidon se jouoit de lui. Il ne pouvoit se ressouvenir, sans rougir de honte, qu'il avoit autrefois oublié sa gloire jusqu'à filer auprès d'Omphale, reine de Lydie, comme le plus lâche et le plus efféminé de tous les hommes : tant il avoit été entraîné par un amour aveugle. Cent fois il m'a avoué que cet endroit de sa vie avoit terni sa vertu, et presque effacé la gloire de tous ses travaux.

Cependant, ô dieux ! telle est la foiblesse et l'inconstance des hommes, ils se promettent tout d'eux-mêmes, et ne résistent à rien. Hélas ! le grand Hercule retomba dans les pieges de l'amour qu'il avoit si souvent détesté : il aima Déjanire. Trop heureux s'il eût été constant dans cette passion pour une femme qui fut son épouse ! Mais bientôt la jeunesse d'Iole, sur le visage de laquelle les graces étoient peintes, ravit son cœur. Déjanire brûla de jalousie : elle se ressouvint de cette fatale tunique que le Centaure Nessus lui avoit laissée en mourant, comme un moyen assuré de réveiller l'amour d'Hercule toutes les fois qu'il paroîtroit la négliger pour en aimer quelque autre. Cette tunique, pleine du sang venimeux du Centaure, renfermoit le poison des fleches dont ce monstre avoit été percé. Vous savez que les fleches d'Hercule, qui tua ce perfide Centaure, avoient été trempées dans le sang de l'hydre de Lerne, et que ce sang empoisonnoit ces fleches, en sorte que toutes les blessures qu'elles faisoient étoient incurables.

Hercule, s'étant revêtu de cette tunique, sentit bientôt le feu dévorant qui se glissoit jusques dans la moelle de ses os : il poussoit des cris horribles dont le mont Oéta résonnoit et faisoit retentir toutes les profondes vallées ; la mer même en paroissoit émue : les taureaux les plus furieux qui auroient mugi dans leurs combats n'auroient pas fait un bruit aussi affreux. Le malheureux Lichas, qui lui avoit apporté de la part de Déjanire cette tunique, ayant

osé s'approcher de lui, Hercule, dans
le transport de sa douleur, le prit, le
fit pirouetter comme un frondeur fait
tourner avec sa fronde la pierre qu'il
veut jetter loin de lui. Ainsi Lichas,
lancé du haut de la montagne par la
puissante main d'Hercule, tomba dans
les flots de la mer, où il fut changé
tout-à-coup en un rocher qui garde encore la figure humaine, et qui, étant
toujours battu par les vagues irritées,
épouvante de loin les sages pilotes.

Après ce malheur de Lichas, je crus
que je ne pouvois plus me fier à Hercule ; je songeois à me cacher dans les
cavernes les plus profondes. Je le voyois
déraciner sans peine, d'une main, les
hauts sapins et les vieux chênes, qui,
depuis plusieurs siecles, avoient mé-
prisé les vents et les tempêtes. De l'autre main, il tâchoit en vain d'arracher
de dessus son dos la fatale tunique :
elle s'étoit collée sur sa peau, et com-

me incorporée à ses membres. A mesure qu'il la déchiroit, il déchiroit aussi
sa peau et sa chair ; son sang ruisseloit,
et trempoit la terre. Enfin, sa vertu sur-
montant sa douleur, il s'écria : Tu vois,
ô mon cher Philoctete, les maux que
les dieux me font souffrir : ils sont justes ; c'est moi qui les ai offensés ; j'ai
violé l'amour conjugal. Après avoir
vaincu tant d'ennemis, je me suis lâche-
ment laissé vaincre par l'amour d'une
beauté étrangere : je péris ; et je suis content de périr pour appaiser les dieux.
Mais, hélas ! cher ami, où est-ce que
tu fuis ? L'excès de la douleur m'a fait
commettre, il est vrai, contre ce misérable Lichas, une cruauté que je me
reproche ; il n'a pas su quel poison il
me présentoit ; il n'a point mérité ce
que je lui ai fait souffrir : mais crois-tu
que je puisse oublier l'amitié que je te
dois, et vouloir t'arracher la vie ? Non,
non, je ne cesserai point d'aimer Phi-

loctete. Philoctete recevra dans son sein mon ame prête à s'envoler : c'est lui qui recueillera mes cendres. Où es-tu donc, ô mon cher Philoctete? Philoctete, la seule espérance qui me reste ici bas !

A ces mots, je me hâte de courir vers lui. Il me tend les bras, et veut m'embrasser; mais il se retient, dans la crainte d'allumer dans mon sein le feu cruel dont il est lui-même brûlé. Hélas! dit-il, cette consolation même ne m'est plus permise ! En parlant ainsi, il assemble tous ces arbres qu'il vient d'abattre; il en fait un bûcher sur le sommet de la montagne; il monte tranquillement sur le bûcher; il étend la peau du lion de Némée, qui avoit si long-temps couvert ses épaules lorsqu'il alloit d'un bout de la terre à l'autre abattre les monstres et délivrer les malheureux; il s'appuie sur sa massue; et il m'ordonne d'allumer le feu du bûcher.

Mes mains tremblantes et saisies
d'horreur ne purent lui refuser ce cruel
office ; car la vie n'étoit plus pour lui
un présent des dieux, tant elle lui étoit
funeste : je craignis même que l'excès
de ses douleurs ne le transportât jusqu'à faire quelque chose d'indigne de
cette vertu qui avoit étonné l'univers.
Comme il vit que la flamme commençoit à prendre au bûcher : C'est maintenant, s'écria-t-il, mon cher Philoctete, que j'éprouve ta véritable amitié ;
car tu aimes mon honneur plus que
ma vie. Que les dieux te le rendent !
Je te laisse ce que j'ai de plus précieux
sur la terre, ces fleches trempées dans
le sang de l'hydre de Lerne. Tu sais
que les blessures qu'elles font sont incurables ; par elles tu seras invincible,
comme je l'ai été, et aucun mortel n'o-
sera combattre contre toi. Souviens-toi
que je meurs fidele à notre amitié, et
n'oublie jamais combien tu m'as été

8.

cher. Mais s'il est vrai que tu sois touché de mes maux, tu peux me donner
une derniere consolation : promets-
moi de ne découvrir jamais à aucun
mortel ni ma mort ni le lieu où tu auras caché mes cendres. Je le lui promis, hélas ! je le jurai même en arro-
sant son bûcher de mes larmes. Un
rayon de joie parut dans ses yeux : mais
tout-à-coup un tourbillon de flamme
qui l'enveloppa étouffa sa voix, et le
déroba presque à ma vue. Je le voyois
encore néanmoins au travers des flammes, avec un visage aussi serein que
s'il eût été couronné de fleurs et couvert de parfums dans la joie d'un festin
délicieux, au milieu de tous ses amis.

Le feu consuma bientôt tout ce qu'il
y avoit de terrestre et de mortel en lui.
Bientôt il ne lui resta rien de tout ce
qu'il avoit reçu dans sa naissance de sa
mere Alcmene : mais il conserva, par
l'ordre de Jupiter, cette nature subtile

et immortelle, cette flamme céleste qui est le vrai principe de vie, et qu'il avoit reçue du pere des dieux. Ainsi il alla avec eux, sous les voûtes dorées du brillant Olympe, boire le nectar, où les dieux lui donnerent pour épouse l'aimable Hébé, qui est la déesse de la jeunesse, et qui versoit le nectar dans la coupe du grand Jupiter, avant que Ganymede eût reçu cet honneur.

Pour moi, je trouvai une source inépuisable de douleurs dans ces fleches qu'il m'avoit données pour m'élever au-dessus de tous les héros. Bientôt les rois ligués entreprirent de venger Ménélas de l'infâme Pâris, qui avoit enlevé Hélene, et de renverser l'empire de Priam. L'oracle d'Apollon leur fit entendre qu'ils ne devoient point espérer de finir heureusement cette guerre, à moins qu'ils n'eussent les fleches d'Hercule.

Ulysse votre pere, qui étoit toujours le plus éclairé et le plus industrieux dans

8..

tous les conseils, se chargea de me
persuader d'aller avec eux au siege de
Troie, et d'y apporter les fleches qu'il
croyoit que j'avois. Il y avoit déja long-
temps qu'Hercule ne paroissoit plus
sur la terre : on n'entendoit plus parler
d'aucun nouvel exploit de ce héros :
les monstres et les scélérats recom-
mençoient à paroître impunément. Les
Grecs ne savoient que croire de lui :
les uns disoient qu'il étoit mort ; d'autres soutenoient qu'il étoit allé jusques
sous l'ourse glacée domter les Scythes.
Mais Ulysse soutint qu'il étoit mort,
et entreprit de me le faire avouer. Il me
vint trouver dans un temps où je ne
pouvois encore me consoler d'avoir
perdu le grand Alcide. Il eut une peine
extrême à m'aborder ; car je ne pouvois plus voir les hommes : je ne pouvois souffrir qu'on m'arrachât de ces
déserts du mont Oéta, où j'avois vu
périr mon ami ; je ne songeois qu'à me

repeindre l'image de ce héros, et qu'à
pleurer à la vue de ces tristes lieux.
Mais la douce et puissante persuasion
étoit sur les levres de votre pere : il parut presque aussi affligé que moi ; il
versa des larmes ; il sut gagner insensiblement mon cœur et attirer ma confiance ; il m'attendrit pour les rois grecs
qui alloient combattre pour une juste
cause, et qui ne pouvoient réussir sans
moi. Il ne put jamais néanmoins m'arracher le secret de la mort d'Hercule,
que j'avois juré de ne dire jamais ; mais
il ne doutoit point qu'il ne fût mort,
et il me pressoit de lui découvrir le lieu
où j'avois caché ses cendres.

Hélas ! j'eus horreur de faire un par-
jure en lui disant un secret que j'avois
promis aux dieux de ne dire jamais ;
j'eus la foiblesse d'éluder mon serment,
n'osant le violer : les dieux m'en ont
puni. Je frappai du pied la terre à l'endroit où j'avois mis les cendres d'Her-

cule. Ensuite j'allai joindre les rois ligués, qui me reçurent avec la même
joie qu'ils auroient reçu Hercule même.
Comme je passois dans l'isle de Lemnos, je voulus montrer à tous les Grecs
ce que mes fleches pouvoient faire ; me
préparant à percer un daim qui se lan-
çoit dans un bois, je laissai par mégarde
tomber la fleche de l'arc sur mon pied,
et elle me fit une blessure que je ressens
encore. Aussitôt j'éprouvai les mêmes
douleurs qu'Hercule avoit souffertes ;
je remplissois nuit et jour l'isle de mes
cris ; un sang noir et corrompu coulant
de ma plaie infectoit l'air, et répandoit
dans le camp des Grecs une puanteur
capable de suffoquer les hommes les
plus vigoureux. Toute l'armée eut horreur de me voir dans cette extrémité ;
chacun conclut que c'étoit un supplice
qui m'étoit envoyé par les justes dieux.

Ulysse, qui m'avoit engagé dans cette
guerre, fut le premier à m'abandonner.

J'ai reconnu, depuis, qu'il l'avoit fait parcequ'il préféroit l'intérêt commun de la Grece, et la victoire, à toutes les raisons d'amitié et de bienséance particuliere : on ne pouvoit plus sacrifier dans le camp, tant l'horreur de ma plaie, son infection, et la violence de mes cris, troubloient toute l'armée. Mais au moment où je me vis abandonné de tous les Grecs par les conseils d'Ulysse, cette politique me parut pleine de la plus horrible inhumanité et de la plus noire trahison. Hélas ! j'étois aveugle, et je ne voyois pas qu'il étoit juste que les plus sages hommes fussent contre moi, de même que les dieux que j'avois irrités.

Je demeurai, presque pendant tout le siege de Troie, seul, sans secours, sans espérance, sans soulagement, livré à d'horribles douleurs, dans cette isle déserte et sauvage, où je n'entendois que le bruit des vagues de la mer qui se brisoient contre les rochers. Je trouvai, au milieu de cette solitude, une caverne vuide dans un rocher qui élevoit vers le ciel deux pointes semblables à deux têtes : de ce rocher sortoit une fontaine claire. Cette caverne étoit la retraite des bêtes farouches, à la fureur desquelles j'étois exposé nuit et jour. J'amassai quelques feuilles pour me coucher. Il ne me restoit pour tout bien qu'un pot de bois grossièrement travaillé, et quelques habits déchirés, dont j'enveloppois ma plaie pour arrêter le sang, et dont je me servois aussi pour la nettoyer. Là, abandonné des hommes, et livré à la colere des dieux, je passois mon temps à percer de mes fleches les colombes et les autres oiseaux qui voloient autour de ce rocher. Quand j'avois tué quelque oiseau pour ma nourriture, il falloit que je me traînasse contre terre avec douleur pour aller ramasser ma proie : ainsi mes mains me préparoient de quoi me nourrir.

Il est vrai que les Grecs en partant me laisserent quelques provisions : mais elles durerent peu. J'allumois du feu avec des cailloux. Cette vie, tout affreuse qu'elle est, m'eût paru douce loin des hommes ingrats et trompeurs, si la douleur ne m'eût accablé, et si je n'eusse sans cesse repassé dans mon esprit ma triste aventure. Quoi ! disois-je, tirer un homme de sa patrie, comme le seul homme qui puisse venger la Grece, et puis l'abandonner dans cette isle déserte pendant son sommeil ! car ce fut pendant mon sommeil que les Grecs partirent. Jugez quelle fut ma surprise, et combien je versai de larmes à mon réveil, quand je vis les vaisseaux fendre les ondes. Hélas ! cherchant de tous côtés dans cette isle sauvage et horrible, je n'y trouvai que la douleur.

Dans cette isle il n'y a ni port, ni

commerce, ni hospitalité, ni homme
qui y aborde volontairement. On n'y
voit que les malheureux que les tempêtes y ont jettés, et on n'y peut espérer de société que par des naufrages :
encore même ceux qui venoient en ce
lieu n'osoient me prendre pour me ramener ; ils craignoient la colere des
dieux et celle des Grecs. Depuis dix
ans je souffrois la honte, la douleur,
la faim ; je nourrissois une plaie qui me
dévoroit ; l'espérance même étoit étein-
te dans mon cœur.

Tout-à-coup, revenant de chercher
des plantes médicinales pour ma plaie,
j'apperçus dans mon antre un jeune
homme, beau, gracieux, mais fier et
d'une taille de héros. Il me sembla que
je voyois Achille, tant il en avoit les
traits, les regards et la démarche : son
âge seul me fit comprendre que ce ne
pouvoit être lui. Je remarquai sur son
visage tout ensemble la compassion et

l'embarras : il fut touché de voir avec quelle peine et quelle lenteur je me traînois : les cris perçants et douloureux dont je faisois retentir les échos de ce rivage attendrirent son cœur.

Ô étranger ! lui dis-je d'assez loin, quel malheur t'a conduit dans cette isle inhabitée ? je reconnois l'habit grec, cet habit qui m'est encore si cher. Oh ! qu'il me tarde d'entendre ta voix, et de trouver sur tes levres cette langue que j'ai apprise dès l'enfance, et que je ne puis plus parler à personne depuis si long-temps dans cette solitude ! Ne sois point effrayé de voir un homme si malheureux ; tu dois en avoir pitié.

A peine Néoptoleme m'eut dit, Je suis Grec, que je m'écriai : Ô douces paroles après tant d'années de silence et de douleur sans consolation ! ô mon fils ! quel malheur, quelle tempête, ou plutôt quel vent favorable t'a conduit ici pour finir mes maux ? Il me répon-

3.   9

dit : Je suis de l'isle de Scyros, j'y retourne ; on dit que je suis fils d'Achille : tu sais tout.

Des paroles si courtes ne contentoient pas ma curiosité ; je lui dis : Ô fils d'un pere que j'ai tant aimé ! cher nourrisson de Lycomede, comment viens-tu donc ici ? d'où viens-tu ? Il me répondit qu'il venoit du siege de Troie. Tu n'étois pas, lui dis-je, de la premiere expédition. Et toi, me dit-il, en étois-tu ? Alors je lui répondis : Tu ne connois, je le vois bien, ni le nom de Philoctete ni ses malheurs. Hélas ! infortuné que je suis, mes persécuteurs m'insultent dans ma misere ; la Grece ignore ce que je souffre : ma douleur augmente. Les Atrides m'ont mis en cet état : que les dieux le leur rendent !

Ensuite je lui racontai de quelle maniere les Grecs m'avoient abandonné. Aussitôt qu'il eut écouté mes plaintes, il me fit les siennes. Après la mort d'Achille, me dit-il... (D'abord je l'interrompis, en lui disant : Quoi ! Achille est mort ! Pardonne-moi, mon fils, si je trouble ton récit par les larmes que je dois à ton pere). Néoptoleme me répondit : Vous me consolez en m'interrompant : qu'il m'est doux de voir Philoctete pleurer mon pere !

Néoptoleme, reprenant son discours, me dit : Après la mort d'Achille, Ulysse et Phénix me vinrent chercher, assurant qu'on ne pouvoit sans moi renverser la ville de Troie. Ils n'eurent aucune peine à m'emmener; car la douleur de la mort d'Achille, et le desir d'hériter de sa gloire dans cette célebre guerre, m'engageoient assez à les suivre. J'arrive à Sigée : l'armée s'assemble autour de moi : chacun jure qu'il revoit Achille; mais, hélas ! il n'étoit plus. Jeune et sans expérience, je croyois pouvoir tout espérer de ceux qui me donnoient tant de louanges. D'abord je demande aux Atrides les armes de mon pere ; ils me répondent cruellement : Tu auras le reste de ce qui lui appartenoit ; mais pour ses armes, elles sont destinées à Ulysse.

Aussitôt je me trouble, je pleure, je m'emporte : mais Ulysse, sans s'émouvoir, me disoit : Jeune homme, tu n'étois pas avec nous dans les périls de ce long siege ; tu n'as pas mérité de telles armes ; et tu parles déja trop fièrement : jamais tu ne les auras. Dépouillé injustement par Ulysse, je m'en retourne dans l'isle de Scyros, moins indigné contre Ulysse que contre les Atrides. Que quiconque est leur ennemi puisse être l'ami des dieux ! Ô Philoctete, j'ai tout dit.

Alors je demandai à Néoptoleme comment Ajax Télamonien n'avoit pas empêché cette injustice. Il est mort, me répondit-il. Il est mort ! m'écriai-je : et Ulysse ne meurt point ! au contraire, il fleurit dans l'armée ! Ensuite je lui demandai des nouvelles d'Antiloque, fils du sage Nestor, et de Patrocle, si chéri par Achille. Ils sont morts aussi, me dit-il. Aussitôt je m'écriai encore : Quoi ! morts ! Hélas ! que me dis-tu ! Ainsi la cruelle guerre moissonne les bons, et épargne les méchants. Ulysse est donc en vie ? Thersite l'est aussi sans doute ? Voilà ce que font les dieux : et nous les louerions encore !

Pendant que j'étois dans cette fureur contre votre pere, Néoptoleme continuoit à me tromper ; il ajouta ces tristes paroles : Loin de l'armée grecque, où le mal prévaut sur le bien, je vais vivre content dans la sauvage isle de Scyros. Adieu ; je pars : que les dieux vous guérissent !

Aussitôt je lui dis : Ô mon fils, je te conjure par les mânes de ton pere, par ta mere, par tout ce que tu as de plus cher sur la terre, de ne me laisser pas

9..

seul dans les maux que tu vois. Je n'i-
gnore pas combien je te serai à charge;
mais il y auroit de la honte à m'abandonner. Jette-moi à la proue, à la poup-
pe, dans la sentine même, par-tout où
je t'incommoderai le moins. Il n'y a
que les grands cœurs qui sachent combien il y a de gloire à être bon. Ne me
laisse point en un désert où il n'y a aucun vestige d'hommes; mene-moi dans
ta patrie ou dans l'Eubée, qui n'est pas
loin du mont Oéta, de Trachine, et des
bords agréables du fleuve Sperchius:
rends-moi à mon pere. Hélas! je crains
qu'il ne soit mort! Je lui avois mandé
de m'envoyer un vaisseau : ou il est
mort; ou bien ceux qui m'avoient promis de lui dire ma misere ne l'ont pas
fait. J'ai recours à toi, ô mon fils! souviens-toi de la fragilité des choses hu-
maines : celui qui est dans la prospérité
doit craindre d'en abuser, et secourir
les malheureux.

Voilà ce que l'excès de la douleur me
faisoit dire à Néoptoleme. Il me promit de m'emmener. Alors je m'écriai
encore : Ô heureux jour ! ô aimable
Néoptoleme , digne de la gloire de son
pere ! chers compagnons de ce voyage,
souffrez que je dise adieu à cette triste
demeure. Voyez où j'ai vécu ; compre-
nez ce que j'ai souffert : nul autre n'eût
pu le souffrir ; mais la nécessité m'avoit
instruit, et elle apprend aux hommes
ce qu'ils ne pourroient jamais savoir
autrement. Ceux qui n'ont jamais souffert ne savent rien ; ils ne connoissent
ni les biens ni les maux ; ils ignorent
les hommes ; ils s'ignorent eux-mêmes.
Après avoir parlé ainsi, je pris mon arc
et mes fleches.

Néoptoleme me pria de souffrir qu'il
les baisât, ces armes si célebres et con-
sacrées par l'invincible Hercule. Je lui
répondis : Tu peux tout ; c'est toi, mon
fils , qui me rends aujourd'hui la lu-

miere, ma patrie, mon pere accablé
de vieillesse, mes amis, moi-même :
tu peux toucher ces armes, et te vanter
d'être le seul d'entre les Grecs qui ait
mérité de les toucher. Aussitôt Néoptoleme entre dans ma grotte pour admirer mes armes.

Cependant une douleur cruelle me
saisit, elle me trouble, je ne sais plus
ce que je fais ; je demande un glaive
tranchant pour couper mon pied ; je
m'écrie : Ô mort tant desirée ! que ne
viens-tu ? Ô jeune homme ! brûle-moi
tout-à-l'heure comme je brûlai le fils
de Jupiter ! Ô terre ! ô terre ! reçois un
mourant qui ne peut plus se relever !
De ce transport de douleur je tombai
soudainement, selon ma coutume,
dans un assoupissement profond ; une
grande sueur commença à me soulager ; un sang noir et corrompu coula
de ma plaie. Pendant mon sommeil, il
eût été facile à Néoptoleme d'emporter

mes armes et de partir : mais il étoit
fils d'Achille, et n'étoit pas né pour
tromper.

En m'éveillant, je reconnus son embarras : il soupiroit, comme un homme
qui ne sait pas dissimuler, et qui agit
contre son cœur. Me veux-tu donc
surprendre ? lui dis-je : qu'y a-t-il donc ?
Il faut, me répondit-il, que vous me sui-
viez au siege de Troie. Je repris aussitôt : Ah ! qu'as-tu dit, mon fils ? Rends-
moi cet arc ; je suis trahi ! ne m'arrache
pas la vie. Hélas ! il ne répond rien ; il
me regarde tranquillement, rien ne le
touche. Ô rivages ! ô promontoires de
cette isle ! ô bêtes farouches ! ô rochers
escarpés ! c'est à vous que je me plains ;
car je n'ai que vous à qui je puisse me
plaindre : vous êtes accoutumés à mes
gémissements. Faut-il que je sois trahi
par le fils d'Achille ! Il m'enleve l'arc
sacré d'Hercule; il veut me traîner dans
le camp des Grecs pour triompher de

moi; il ne voit pas que c'est triompher d'un mort, d'une ombre, d'une image vaine. Oh! s'il m'eût attaqué dans ma force...! mais, encore à présent, ce n'est que par surprise. Que ferai-je? Rends, mon fils, rends: sois semblable à ton pere, semblable à toi-même. Que dis-tu?... Tu ne dis rien!... Ô rocher sauvage! je reviens à toi, nu, misérable, abandonné, sans nourriture; je mourrai seul dans cet antre: n'ayant plus mon arc pour tuer les bêtes, les bêtes me dévoreront; n'importe. Mais, mon fils, tu ne parois pas méchant; quelque conseil te pousse: rends-moi mes armes; va-t'en.

Néoptoleme, les larmes aux yeux, disoit tout bas: Plût aux dieux que je ne fusse jamais parti de Scyros! Cependant je m'écrie: Ah! que vois-je? n'est-ce pas Ulysse? Aussitôt j'entends sa voix, et il me répond: Oui; c'est moi. Si le sombre royaume de Pluton se fût entr'ouvert, et que j'eusse vu le noir tartare que les dieux mêmes craignent d'entrevoir, je n'aurois pas été saisi, je l'avoue, d'une plus grande horreur. Je m'écriai encore : Ô terre de Lemnos, je te prends à témoin ! Ô soleil, tu le vois, et tu le souffres ! Ulysse me répondit sans s'émouvoir : Jupiter le veut, et je l'exécute. Oses-tu, lui disois-je, nommer Jupiter ? Vois-tu ce jeune homme qui n'étoit point né pour la fraude, et qui souffre en exécutant ce que tu l'obliges de faire ? Ce n'est pas pour vous tromper, me dit Ulysse, ni pour vous nuire, que nous venons ; c'est pour vous délivrer, vous guérir, vous donner la gloire de renverser Troie, et vous ramener dans votre patrie. C'est vous, et non pas Ulysse, qui êtes l'ennemi de Philoctete.

Alors je dis à votre pere tout ce que la fureur pouvoit m'inspirer : Puisque tu m'as abandonné sur ce rivage, lui

disois-je, que ne m'y laisses-tu en paix?
Va chercher la gloire des combats et
tous les plaisirs; jouis de ton bonheur
avec les Atrides : laisse-moi ma misere
et ma douleur. Pourquoi m'enlever?
je ne suis plus rien; je suis déja mort.
Pourquoi ne crois-tu pas encore aujourd'hui, comme tu le croyois autrefois, que je ne saurois partir; que mes
cris et l'infection de ma plaie trouble-
roient les sacrifices? Ô Ulysse, auteur
de mes maux, que les dieux puissent
te...! Mais les dieux ne m'écoutent
point; au contraire, ils excitent mon
ennemi. Ô terre de ma patrie, que je ne
reverrai jamais!.. Ô dieux, s'il en reste encore quelqu'un d'assez juste pour
avoir pitié de moi, punissez, punissez
Ulysse; alors je me croirai guéri!

Pendant que je parlois ainsi, votre
pere, tranquille, me regardoit avec un
air de compassion, comme un homme
qui, loin d'être irrité, supporte et ex-

cuse le trouble d'un malheureux que
la fortune a aigri. Je le voyois semblable
à un rocher qui, sur le sommet d'une
montagne, se joue de la fureur des vents
et laisse épuiser leur rage, pendant qu'il
demeure immobile. Ainsi votre pere,
demeurant dans le silence, attendoit
que ma colere fût épuisée; car il savoit
qu'il ne faut attaquer les passions des
hommes, pour les réduire à la raison,
que quand elles commencent à s'affoiblir par une espece de lassitude. Ensuite il me dit ces paroles : Ô Philoctete!
qu'avez-vous fait de votre raison et de
votre courage? voici le moment de s'en
servir. Si vous refusez de nous suivre
pour remplir les grands desseins de Jupiter sur vous, adieu; vous êtes indigne
d'être le libérateur de la Grece et le des-
tructeur de Troie. Demeurez à Lemnos:
ces armes, que j'emporte, me donne-
ront une gloire qui vous étoit destinée.
Néoptoleme, partons; il est inutile de

3.   10

lui parler : la compassion pour un seul homme ne doit pas nous faire abandonner le salut de la Grece entiere.

Alors je me sentis comme une lionne à qui on vient d'arracher ses petits ; elle remplit les forêts de ses rugissements. Ô caverne, disois-je, jamais je ne te quitterai, tu seras mon tombeau ! ô séjour de ma douleur, plus de nourriture, plus d'espérance ! Qui me donnera un glaive pour me percer ? Oh ! si les oiseaux de proie pouvoient m'enlever !... Je ne les percerai plus de mes fleches ! Ô arc précieux, arc consacré par les mains du fils de Jupiter ! Ô cher Hercule, s'il te reste encore quelque sentiment, n'es-tu pas indigné ? Cet arc n'est plus dans les mains de ton fidele ami ; il est dans les mains impures et trompeuses d'Ulysse. Oiseaux de proie, bêtes farouches, ne fuyez plus cette caverne, mes mains n'ont plus de fleches : misérable, je ne puis vous nuire ; venez

me dévorer ! ou plutôt, que la foudre
de l'impitoyable Jupiter m'écrase !

Votre père, ayant tenté tous les autres moyens pour me persuader, jugea
enfin que le meilleur étoit de me rendre
mes armes : il fit signe à Néoptoleme,
qui me les rendit aussitôt. Alors je lui
dis : Digne fils d'Achille, tu montres
que tu l'es : mais laisse-moi percer mon
ennemi. Aussitôt je voulus tirer une fleche contre votre pere ; mais Néoptoleme m'arrêta, en me disant : La colere
vous trouble et vous empêche de voir
l'indigne action que vous voulez faire.

Pour Ulysse, il paroissoit aussi tranquille contre mes fleches que contre
mes injures. Je me sentis touché de
cette intrépidité et de cette patience.
J'eus honte d'avoir voulu, dans ce premier transport, me servir de mes armes
pour tuer celui qui me les avoit fait rendre : mais comme mon ressentiment
n'étoit pas encore appaisé, j'étois in-

10.

consolable de devoir mes armes à un homme que je haïssois tant. Cependant Néoptoleme me disoit : Sachez que le divin Hélénus, fils de Priam, étant sorti de la ville de Troie par l'ordre et par l'inspiration des dieux, nous a dévoilé l'avenir. La malheureuse Troie tombera, a-t-il dit; mais elle ne peut tomber qu'après qu'elle aura été attaquée par celui qui tient les fleches d'Hercule. Cet homme ne peut guérir que quand il sera devant les murailles de Troie: les enfants d'Esculape le guériront.

En ce moment je sentis mon cœur partagé : j'étois touché de la naïveté de Néoptoleme, et de la bonne foi avec laquelle il m'avoit rendu mon arc; mais je ne pouvois me résoudre à voir encore le jour s'il falloit céder à Ulysse, et une mauvaise honte me tenoit en suspens. Me verra-t-on, disois-je en moi-même, avec Ulysse et avec les Atrides? Que croira-t-on de moi?

Pendant que j'étois dans cette incertitude, tout-à-coup j'entends une voix plus qu'humaine : je vois Hercule dans un nuage éclatant ; il étoit environné de rayons de gloire. Je reconnus facilement ses traits un peu rudes, son corps robuste, et ses manieres simples ; mais il avoit une hauteur et une majesté qui n'avoient jamais paru si grandes en lui quand il domtoit les monstres. Il me dit :

Tu entends, tu vois Hercule. J'ai quitté le haut Olympe pour t'annoncer les ordres de Jupiter. Tu sais par quels travaux j'ai acquis l'immortalité : il faut que tu ailles avec le fils d'Achille, pour marcher sur mes traces dans le chemin de la gloire. Tu guériras ; tu perceras de mes fleches Pâris, auteur de tant de maux. Après la prise de Troie, tu enverras de riches dépouilles à Péan, ton pere, sur le mont Oéta ; ces dépouilles seront mises sur mon tombeau

10..

comme un monument de la victoire due
à mes fleches. Et toi, ô fils d'Achille !
je te déclare que tu ne peux vaincre
sans Philoctete, ni Philoctete sans toi.
Allez donc comme deux lions qui cherchent ensemble leur proie. J'enverrai
Esculape à Troie pour guérir Philoctete. Sur-tout, ô Grecs, aimez et ob-
servez la religion : le reste meurt ; elle
ne meurt jamais.

Après avoir entendu ces paroles, je
m'écriai : Ô heureux jour, douce lumiere, tu te montres enfin après tant
d'années ! Je t'obéis : je pars après avoir
salué ces lieux. Adieu, cher antre.
Adieu, nymphes de ces prés humides ;
je n'entendrai plus le bruit sourd des
vagues de cette mer. Adieu, rivage où
tant de fois j'ai souffert les injures de
l'air. Adieu, promontoires où Écho
répéta tant de fois mes gémissements.
Adieu, douces fontaines qui me fûtes
si ameres. Adieu, ô terre de Lemnos ;

laisse-moi partir heureusement, puisque je vais où m'appelle la volonté des dieux et de mes amis.

Ainsi nous partîmes. Nous arrivâmes au siege de Troie. Machaon et Podalire, par la divine science de leur pere Esculape, me guérirent, ou du moins me mirent dans l'état où vous me voyez. Je ne souffre plus ; j'ai retrouvé toute ma vigueur : mais je suis un peu boiteux. Je fis tomber Pâris comme un timide faon de biche qu'un chasseur perce de ses traits. Bientôt Ilion fut réduite en cendres. Vous savez le reste.

J'avois néanmoins encore je ne sais quelle aversion pour le sage Ulysse, par le ressouvenir de mes maux ; sa vertu ne pouvoit appaiser ce ressentiment : mais la vue d'un fils qui lui ressemble, et que je ne puis m'empêcher d'aimer, m'attendrit le cœur pour le pere même.

Fin du livre quinzieme.

SOMMAIRE
DU LIVRE SEIZIEME.

Télémaque entre en différend avec Phalante pour des prisonniers qu'ils se disputent : il combat et vainc Hippias, qui, méprisant sa jeunesse, prend de hauteur ces prisonniers pour son frere Phalante. Mais, étant peu content de sa victoire, il gémit en secret de sa témérité et de sa faute, qu'il voudroit réparer. Au même temps Adraste, roi des Dauniens, étant informé que les rois alliés ne songent qu'à pacifier le différend de Télémaque et d'Hippias, va les attaquer à l'improviste. Après avoir surpris cent de leurs vaisseaux pour transporter ses troupes dans leur camp, il y met d'abord le feu, commence l'attaque par le quartier de Phalante, tue son frere Hippias; et Phalante lui-même est tout percé de ses coups.

LIVRE SEIZIEME.

Pendant que Philoctete avoit raconté ainsi ses aventures, Télémaque étoit demeuré comme suspendu et immobile. Ses yeux étoient attachés sur ce grand homme qui parloit. Toutes les passions différentes qui avoient agité Hercule, Philoctete, Ulysse, Néoptoleme, paroissoient tour-à-tour sur le visage naïf de Télémaque à mesure qu'elles étoient représentées dans la suite de cette narration. Quelquefois il s'écrioit et interrompoit Philoctete sans y penser : quelquefois il paroissoit rêveur comme un homme qui pense profondément à la suite des affaires. Quand Philoctete dépeignit l'embarras de Néoptoleme, qui ne savoit pas dissimuler, Télémaque parut dans le même embarras ; et dans ce moment on l'auroit pris pour Néoptoleme.

L'armée des alliés marchoît en bon ordre contre Adraste, roi des Dauniens, qui méprisoit les dieux, et qui ne cherchoit qu'à tromper les hommes. Télémaque trouva de grandes difficultés pour se ménager parmi tant de rois jaloux les uns des autres. Il falloit ne se rendre suspect à aucun, et se faire aimer de tous. Son naturel étoit bon et sincere, mais peu caressant; il ne s'avisoit guere de ce qui pouvoit faire plaisir aux autres : il n'étoit point attaché aux richesses; mais il ne savoit point donner. Ainsi, avec un cœur noble et porté au bien, il ne paroissoit ni obligeant, ni sensible à l'amitié, ni libéral, ni reconnoissant des soins qu'on prenoit pour lui, ni attentif à distinguer le mérite. Il suivoit son goût sans réflexion. Sa mere Pénélope l'avoit nourri, malgré Mentor, dans une hauteur et dans une fierté qui ternissoit tout ce qu'il y avoit de plus aimable en lui. Il

se regardoit comme étant d'une autre
nature que le reste des hommes; les
autres ne lui sembloient mis sur la terre
par les dieux que pour lui plaire, pour
le servir, pour prévenir tous ses desirs,
et pour rapporter tout à lui comme à
une divinité. Le bonheur de le servir
étoit, selon lui, une assez haute récompense pour ceux qui le servoient. Il ne
falloit jamais rien trouver d'impossible
quand il s'agissoit de le contenter; et
les moindres retardements irritoient
son naturel ardent.

Ceux qui l'auroient vu ainsi dans son
naturel auroient jugé qu'il étoit inca-
pable d'aimer autre chose que lui-même; qu'il n'étoit sensible qu'à sa gloire
et à son plaisir. Mais cette indifférence
pour les autres et cette attention continuelle sur lui-même ne venoient que
du transport continuel où il étoit jetté
par la violence de ses passions. Il avoit
été flatté par sa mere dès le berceau,

et il étoit un grand exemple du malheur de ceux qui naissent dans l'élévation. Les rigueurs de la fortune, qu'il sentit dès sa premiere jeunesse, n'avoient pu modérer cette impétuosité et cette hauteur. Dépourvu de tout, abandonné, exposé à tant de maux, il n'avoit rien perdu de sa fierté. Elle se relevoit toujours, comme la palme souple se releve sans cesse d'elle-même, quelque effort qu'on fasse pour l'abaisser.

Pendant que Télémaque étoit avec Mentor, ces défauts ne paroissoient point, et ils diminuoient tous les jours. Semblable à un coursier fougueux qui bondit dans les vastes prairies, que ni les rochers escarpés, ni les précipices, ni les torrents n'arrêtent, qui ne connoît que la voix et la main d'un seul homme capable de le domter, Télémaque, plein d'une noble ardeur, ne pouvoit être retenu que par le seul Mentor. Mais aussi un de ses regards l'arrêtoit tout-à-coup dans sa plus grande impétuosité : il entendoit d'abord ce que signifioit ce regard; il rappelloit aussitôt dans son cœur tous les sentiments de vertu. La sagesse de Mentor rendoit en un moment son visage doux et serein. Neptune, quand il éleve son trident, et qu'il menace les flots soulevés , n'appaise point plus soudainement les noires tempêtes.

Quand Télémaque se trouva seul, toutes ses passions, suspendues comme un torrent arrêté par une forte digue, reprirent leur cours : il ne put souffrir l'arrogance des Lacédémoniens, et de Phalante qui étoit à leur tête. Cette colonie, qui étoit venue fonder Tarente, étoit composée de jeunes hommes nés pendant le siege de Troie, qui n'avoient eu aucune éducation; leur naissance illégitime, le déréglement de leurs meres, la licence dans laquelle ils avoient été élevés, leur donnoient je ne sais

3. 11

quoi de farouche et de barbare. Ils ressembloient plutôt à une troupe de brigands qu'à une colonie grecque.

Phalante, en toute occasion, cherchoit à contredire Télémaque : souvent il l'interrompoit dans les assemblées, méprisant ses conseils comme ceux d'un jeune homme sans expérience ; il en faisoit des railleries, le traitant de foible et d'efféminé : il faisoit remarquer aux chefs de l'armée ses moindres fautes. Il tâchoit de semer par-tout la jalousie, et de rendre la fierté de Télémaque odieuse à tous les alliés.

Un jour Télémaque ayant fait sur les Dauniens quelques prisonniers, Phalante prétendit que ces captifs devoient lui appartenir, parceque c'étoit lui, disoit-il, qui, à la tête de ses Lacédémoniens, avoit défait cette troupe d'ennemis ; et que Télémaque, trouvant les Dauniens déja vaincus et mis en fuite,

n'avoit eu d'autre peine que celle de
leur donner la vie et de les mener dans
le camp. Télémaque soutenoit au contraire que c'étoit lui qui avoit empêché
Phalante d'être vaincu , et qui avoit
remporté la victoire sur les Dauniens.
Ils allerent tous deux défendre leur
cause dans l'assemblée des rois alliés.
Télémaque s'y emporta jusqu'à menacer Phalante ; ils se fussent battus sur-
le-champ , si on ne les eût arrêtés.

Phalante avoit un frere nommé Hippias, célebre dans toute l'armée par sa
valeur, par sa force, et par son adresse :
Pollux , disoient les Tarentins, ne com-
battoit pas mieux du ceste ; Castor n'eût
pu le surpasser pour conduire un cheval : il avoit presque la taille et la force
d'Hercule. Toute l'armée le craignoit ;
car il étoit encore plus querelleur et
plus brutal qu'il n'étoit fort et vaillant.

Hippias, ayant vu avec quelle hauteur

11.

Télémaque avoit menacé son frere, va
à la hâte prendre les prisonniers pour
les emmener à Tarente sans attendre le
jugement de l'assemblée. Télémaque,
à qui on vint le dire en secret, sortit en
frémissant de rage. Tel qu'un sanglier
écumant qui cherche le chasseur par
lequel il a été blessé, on le voyoit errer
dans le camp, cherchant des yeux son
ennemi, et branlant le dard dont il le
vouloit percer : enfin il le rencontre ;
et, en le voyant, sa fureur redouble.
Ce n'étoit plus ce sage Télémaque instruit par Minerve sous la figure de Mentor ; c'étoit un frénétique ou un lion
furieux.

Aussitôt il crie à Hippias : Arrête,
ô le plus lâche de tous les hommes !
arrête ! nous allons voir si tu pourras
m'enlever les dépouilles de ceux que
j'ai vaincus. Tu ne les conduiras point
à Tarente ; va, descends tout-à-l'heure

sur les rives sombres du Styx. Il dit, et il lança son dard : mais il le lança avec tant de fureur, qu'il ne put mesurer son coup ; le dard ne toucha point Hippias. Aussitôt Télémaque prend son épée, dont la garde étoit d'or, et que Laërte lui avoit donnée quand il partit d'Ithaque, comme un gage de sa tendresse Laërte s'en étoit servi avec beaucoup de gloire pendant qu'il étoit jeune, et elle avoit été teinte du sang de plusieurs fameux capitaines des Épirotes dans une guerre où Laërte fut victorieux. A peine Télémaque eut tiré cette épée, qu'Hippias, qui vouloit profiter de l'avantage de sa force, se jetta pour l'arracher des mains du jeune fils d'Ulysse. L'épée se rompt dans leurs mains ; ils se saisissent et se serrent l'un l'autre. Les voilà comme deux bêtes cruelles qui cherchent à se déchirer ; le feu brille dans leurs yeux ; ils se raccourcissent, ils s'alongent, ils se baissent, ils se relevent, ils s'élancent ; ils sont altérés de sang. Les voilà aux prises, pieds contre pieds, mains contre mains : ces deux corps entrelacés paroissent n'en faire qu'un. Mais Hippias, d'un âge plus avancé, sembloit devoir accabler Télémaque dont la tendre jeunesse étoit moins nerveuse. Déja Télémaque, hors d'haleine, sentoit ses genoux chancelants : Hippias, le voyant ébranlé, redoubloit ses efforts. C'étoit fait du fils d'Ulysse ; il alloit porter la peine de sa témérité et de son emportement, si Minerve, qui veilloit de loin sur lui, et qui ne le laissoit dans cette extrémité de péril que pour l'instruire, n'eût déterminé la victoire en sa faveur.

Elle ne quitta point le palais de Salente ; mais elle envoya Iris, la prompte messagere des dieux. Celle-ci, volant d'une aile légere, fend les espaces immenses des airs, laissant après elle une longue trace de lumiere qui peignoit un nuage de mille diverses couleurs ; elle ne se reposa que sur le rivage de la mer où étoit campée l'armée innombrable des alliés : elle voit de loin la querelle, l'ardeur et les efforts des deux combattants ; elle frémit à la vue du danger où étoit le jeune Télémaque ; elle s'approche, enveloppée d'un nuage clair qu'elle avoit formé de vapeurs subtiles. Dans le moment où Hippias, sentant toute sa force, se crut victorieux, elle couvrit le jeune nourrisson de Minerve de l'égide que la sage déesse lui avoit confiée. Aussitôt Télémaque, dont les forces étoient épuisées, commence à se ranimer. A mesure qu'il se ranime, Hippias se trouble ; il sent je ne sais quoi de divin qui l'étonne et qui l'accable. Télémaque le presse et l'attaque, tantôt dans une

situation, tantôt dans une autre ; il
l'ébranle, il ne lui laisse aucun moment pour se rassurer ; enfin il le jette
par terre, et tombe sur lui. Un grand
chêne du mont Ida, que la hache a cou-
pé par mille coups dont toute la forêt
a retenti, ne fait pas un plus horrible
bruit en tombant ; la terre en gémit ;
tout ce qui l'environne en est ébranlé.

Cependant la sagesse étoit revenue
avec la force au-dedans de Télémaque.
A peine Hippias fut-il tombé sous lui,
que le fils d'Ulysse comprit la faute
qu'il avoit faite d'attaquer ainsi le frere
d'un des rois alliés qu'il étoit venu secourir ; il rappella en lui-même avec
confusion les sages conseils de Mentor : il eut honte de sa victoire, et comprit qu'il avoit mérité d'être vaincu.
Cependant Phalante, transporté de fureur, accouroit au secours de son frere ;
il eût percé Télémaque d'un dard qu'il

portoit, s'il n'eût craint de percer aussi
Hippias que Télémaque tenoit sous lui
dans la poussiere. Le fils d'Ulysse eût
pu sans peine ôter la vie à son ennemi ;
mais sa colere étoit appaisée, il ne son-
geoit plus qu'à réparer sa faute en montrant de la modération. Il se leve en
disant : Ô Hippias ! il me suffit de vous
avoir appris à ne mépriser jamais ma
jeunesse ; vivez : j'admire votre force
et votre courage. Les dieux m'ont pro-
tégé, cédez à leur puissance : ne son-
geons plus qu'à combattre ensemble
les Dauniens.

Pendant que Télémaque parloit ainsi, Hippias se relevoit couvert de poussiere et de sang, plein de honte et de
rage. Phalante n'osoit ôter la vie à celui qui venoit de la donner si généreu-
sement à son frere ; il étoit en suspens
et hors de lui-même. Tous les rois alliés accourent : ils menent d'un côté

Télémaque, et de l'autre Phalante et
Hippias qui, ayant perdu sa fierté, n'o-
soit lever les yeux. Toute l'armée ne
pouvoit assez s'étonner que Télémaque, dans un âge si tendre, où les hommes n'ont point encore toute leur force,
eût pu renverser Hippias semblable en
force et en grandeur à ces géants, enfants de la terre, qui tenterent autrefois de chasser de l'Olympe les immor-
tels.

Mais le fils d'Ulysse étoit bien éloigné de jouir du plaisir de cette victoire.
Pendant qu'on ne pouvoit se lasser de
l'admirer, il se retira dans sa tente,
honteux de sa faute ; et ne pouvant plus
se supporter lui-même, il gémissoit de
sa promptitude. Il reconnoissoit combien il étoit injuste et déraisonnable
dans ses emportements : il trouvoit je
ne sais quoi de vain, de foible et de
bas dans cette hauteur démesurée. Il

reconnoissoit que la véritable grandeur n'est que dans la modération, la justice, la modestie et l'humanité : il le voyoit; mais il n'osoit espérer de se corriger après tant de rechûtes; il étoit aux prises avec lui-même, et on l'entendoit rugir comme un lion furieux.

Il demeura deux jours renfermé seul dans sa tente, ne pouvant se résoudre à se rendre dans aucune société, et se punissant soi-même. Hélas ! disoit-il, oserai-je revoir Mentor ? Suis-je le fils d'Ulysse, le plus sage et le plus patient des hommes ? Suis-je venu porter la division et le désordre dans l'armée des alliés ? est-ce leur sang, ou celui des Dauniens leurs ennemis, que je dois répandre ? J'ai été téméraire; je n'ai pas même su lancer mon dard : je me suis exposé dans un combat avec Hippias à forces inégales; je n'en devois attendre que la mort avec la honte d'être vaincu. Mais qu'importe? je ne serois plus, non, je ne serois plus ce témé-raire Télémaque, ce jeune insensé, qui ne profite d'aucun conseil : ma honte finiroit avec ma vie. Hélas! si je pou-vois au moins espérer de ne plus faire ce que je suis désolé d'avoir fait! trop heureux ! trop heureux ! Mais peut-être qu'avant la fin du jour je ferai et voudrai faire encore les mêmes fautes dont j'ai maintenant tant de honte et d'horreur. Ô funeste victoire ! ô louan-ges que je ne puis souffrir, et qui sont de cruels reproches de ma folie !

Pendant qu'il étoit seul et inconso-lable, Nestor et Philoctete le vinrent trouver. Nestor voulut lui remontrer le tort qu'il avoit : mais ce sage vieil-lard, reconnoissant bientôt la désola-tion du jeune homme, changea ses graves remontrances en des paroles de tendresse pour adoucir son désespoir.

Les princes alliés étoient arrêtés par cette querelle, et ils ne pouvoient marcher vers les ennemis qu'après avoir réconcilié Télémaque avec Phalante et Hippias. On craignoit à toute heure que les troupes des Tarentins n'attaquassent les cent jeunes Crétois qui avoient suivi Télémaque dans cette guerre : tout étoit dans le trouble pour la faute du seul Télémaque ; et Télémaque, qui voyoit tant de maux présents et de périls pour l'avenir, dont il étoit l'auteur, s'abandonnoit à une douleur amere. Tous les princes étoient dans un extrême embarras : ils n'osoient faire marcher l'armée, de peur que dans la marche les Crétois de Télémaque et les Tarentins de Phalante ne combattissent les uns contre les autres. On avoit bien de la peine à les retenir au-dedans du camp, où ils étoient gardés de près. Nestor et Philoctete alloient et venoient sans cesse de la tente de Télémaque à celle de l'implacable Phalante, qui ne respiroit que la vengeance. La douce éloquence de Nestor et l'autorité du grand Philoctete ne pouvoient modérer ce cœur farouche, qui étoit encore sans cesse irrité par les discours pleins de rage de son frere Hippias. Télémaque étoit bien plus doux, mais il étoit abattu par une douleur que rien ne pouvoit consoler.

Pendant que les princes étoient dans cette agitation, toutes les troupes étoient consternées : tout le camp paroissoit comme une maison désolée qui vient de perdre un pere de famille, l'appui de tous ses proches et la douce espérance de ses petits enfants.

Dans ce désordre et cette consternation de l'armée, on entend tout-à-coup un bruit effroyable de chariots, d'armes, de hennissements de chevaux, de cris d'hommes ; les uns vainqueurs et animés au carnage ; les autres, ou fuyants, ou mourants, ou blessés. Un tourbillon de poussiere forme un épais nuage qui couvre le ciel et qui enveloppe tout le camp. Bientôt à la poussiere se joint une fumée épaisse qui troubloit l'air et qui ôtoit la respiration. On entendoit un bruit sourd semblable à celui des tourbillons de flamme que le mont Etna vomit du fond de ses entrailles embrasées lorsque Vulcain, avec ses Cyclopes, y forge des foudres pour le pere des dieux. L'épouvante saisit les cœurs.

Adraste, vigilant et infatigable, avoit surpris les alliés : il leur avoit caché sa marche et il étoit instruit de la leur. Pendant deux nuits il avoit fait une incroyable diligence pour faire le tour d'une montagne presque inaccessible dont les alliés avoient saisi presque tous les passages ; tenant ces défilés, ils se croyoient en pleine sûreté, et prétendoient même pouvoir, par ces passages qu'ils occupoient, tomber sur l'ennemi derriere la montagne quand quelques troupes qu'ils attendoient leur seroient venues. Adraste, qui répandoit l'argent à pleines mains pour savoir le secret de ses ennemis, avoit appris leur résolution ; car Nestor et Philoctete, ces deux capitaines d'ailleurs si sages et si expérimentés, n'étoient pas assez secrets dans leurs entreprises. Nestor, dans ce déclin de l'âge, se plaisoit trop à raconter ce qui pouvoit lui attirer quelque louange. Philoctete naturellement parloit moins : mais il étoit prompt ; et si peu qu'on excitât sa vivacité, on lui faisoit dire ce qu'il avoit résolu de taire. Les gens artificieux avoient trouvé la clef de son cœur pour en tirer les plus importants secrets. On n'avoit qu'à l'irriter : alors, fougueux et hors de lui-même, il éclatoit par des menaces ; il se vantoit d'avoir des moyens sûrs de parvenir à ce qu'il vouloit. Si peu qu'on parût douter de ces moyens, il se hâtoit de les expliquer inconsidérément, et le secret le plus intime échappoit du fond de son cœur. Semblable à un vase précieux, mais fêlé, d'où s'écoulent toutes les liqueurs les plus délicieuses, le cœur de ce grand capitaine ne pouvoit rien garder.

Les traîtres corrompus par l'argent d'Adraste ne manquoient pas de se jouer de la foiblesse de ces deux rois. Ils flattoient sans cesse Nestor par de vaines louanges ; ils lui rappelloient ses victoires passées, admiroient sa prévoyance, ne se lassoient jamais d'applaudir. D'un autre côté, ils tendoient des pieges continuels à l'humeur impatiente de Philoctete ; ils ne lui par-

12..

loient que de difficultés, de contre-
temps, de dangers, d'inconvénients,
de fautes irrémédiables. Aussitôt que
ce naturel prompt étoit enflammé, sa
sagesse l'abandonnoit, et il n'étoit plus
le même homme.

Télémaque, malgré les défauts que
nous avons vus, étoit bien plus prudent
pour garder un secret : il y étoit accoutumé par ses malheurs, et par la nécessité où il avoit été dès son enfance
de se cacher aux amants de Pénélope.
Il savoit taire un secret sans dire aucun
mensonge : il n'avoit point même un
certain air réservé et mystérieux qu'ont
d'ordinaire les gens secrets ; il ne paroissoit point chargé du poids du secret qu'il devoit garder ; on le trouvoit
toujours libre, naturel, ouvert comme
un homme qui a son cœur sur ses levres. Mais en disant tout ce qu'on pouvoit dire sans conséquence, il savoit

s'arrêter précisément et sans affecta-
tion aux choses qui pouvoient donner
quelque soupçon et entamer son secret : par là son cœur étoit impénétra-
ble et inaccessible. Ses meilleurs amis
même ne savoient que ce qu'il croyoit
utile de leur découvrir pour en tirer de
sages conseils ; et il n'y avoit que le seul
Mentor pour lequel il n'avoit aucune
réserve. Il se confioit à d'autres amis,
mais à divers degrés, et à proportion
de ce qu'il avoit éprouvé leur amitié et
leur sagesse.

Télémaque avoit souvent remarqué
que les résolutions du conseil se répan-
doient un peu trop dans le camp ; il en
avoit averti Nestor et Philoctete. Mais
ces deux hommes si expérimentés ne
firent pas assez d'attention à un avis
si salutaire : la vieillesse n'a plus rien
de souple, la longue habitude la tient
comme enchaînée ; elle n'a plus de res-

source contre ses défauts. Semblables aux arbres dont le tronc rude et noueux s'est durci par le nombre des années, et ne peut plus se redresser, les hommes à un certain âge ne peuvent presque plus se plier eux-mêmes contre certaines habitudes qui ont vieilli avec eux, et qui sont entrées jusques dans la moëlle de leurs os. Souvent ils les connoissent, mais trop tard; ils gémissent en vain : la tendre jeunesse est le seul âge où l'homme peut encore tout sur lui-même pour se corriger.

Il y avoit dans l'armée un Dolope, nommé Eurimaque, flatteur insinuant, sachant s'accommoder à tous les goûts et à toutes les inclinations des princes; inventif et industrieux pour trouver de nouveaux moyens de leur plaire. A l'entendre, rien n'étoit jamais difficile. Lui demandoit-on son avis; il devinoit celui qui seroit le plus agréable. Il étoit

plaisant, railleur contre les foibles,
complaisant pour ceux qu'il craignoit,
habile pour assaisonner une louange
délicate qui fût bien reçue des hommes
les plus modestes. Il étoit grave avec les
graves, enjoué avec ceux qui étoient
d'une humeur enjouée : il ne lui coû-
toit rien de prendre toutes sortes de
formes. Les hommes sinceres et vertueux, qui sont toujours les mêmes, et
qui s'assujettissent aux regles de la vertu, ne sauroient jamais être aussi agréables aux princes, que ceux qui flattent
leurs passions dominantes. Eurimaque
savoit la guerre ; il étoit capable d'affaires. C'étoit un aventurier qui s'étoit
donné à Nestor et qui avoit gagné sa
confiance; il tiroit du fond de son cœur,
un peu vain et sensible aux louanges,
tout ce qu'il en vouloit savoir.

Quoique Philoctete ne se confiât
point à lui, la colere et l'impatience

faisoient en lui ce que la confiance faisoit dans Nestor. Eurimaque n'avoit
qu'à le contredire ; en l'irritant il dé-
couvroit tout. Cet homme avoit reçu
de grandes sommes d'Adraste pour lui
mander tous les desseins des alliés. Ce
roi des Dauniens avoit dans l'armée un
certain nombre de transfuges qui dé-
voient, l'un après l'autre, s'échapper
du camp des alliés et retourner au sien.
A mesure qu'il y avoit quelque affaire
importante à faire savoir à Adraste, Eurimaque faisoit partir un de ces transfuges. La tromperie ne pouvoit pas être
facilement découverte , parceque ces
transfuges ne portoient point de lettres. Si on les surprenoit, on ne trouvoit rien qui pût rendre Eurimaque suspect.

Cependant Adraste prévenoit toutes
les entreprises des alliés. A peine une
résolution étoit-elle prise dans le con-

seil, que les Dauniens faisoient précisément ce qui étoit nécessaire pour en empêcher le succès. Télémaque ne se lassoit point d'en chercher la cause, et d'exciter la défiance de Nestor et de Philoctete : mais son soin étoit inutile ; ils étoient aveuglés.

On avoit résolu dans le conseil d'attendre les troupes nombreuses qui devoient arriver ; et on avoit fait avancer secrètement, pendant la nuit, cent vaisseaux pour conduire plus promptement ces troupes depuis une côte de mer très rude, où elles devoient arriver, jusqu'au lieu où l'armée campoit. Cependant on se croyoit en sûreté, parcequ'on tenoit avec des troupes les détroits de la montagne voisine, qui est une côte presque inaccessible de l'Apennin. L'armée étoit campée sur les bords du fleuve Galese, assez près de la mer : cette campagne délicieuse est

abondante en pâturages et en tous les
fruits qui peuvent nourrir une armée.
Adraste étoit derriere la montagne, et
on comptoit qu'il ne pouvoit passer;
mais comme il sut que les alliés étoient
encore foibles, qu'il leur venoit un
grand secours, que les vaisseaux attendoient des troupes qui devoient arriver, et que l'armée étoit divisée par
la querelle de Télémaque avec Phalante, il se hâta de faire un grand tour.
Il vint en diligence jour et nuit sur le
bord de la mer, et passa par des che-
mins qu'on avoit toujours crus absolument impraticables. Ainsi la hardiesse
et le travail obstiné surmontent les plus
grands obstacles; ainsi il n'y a presque
rien d'impossible à ceux qui savent oser
et souffrir; ainsi ceux qui s'endorment,
comptant que les choses difficiles sont
impossibles, méritent d'être surpris et
accablés.

Adraste surprit au point du jour les cent vaisseaux qui appartenoient aux alliés. Comme ces vaisseaux étoient mal gardés, et qu'on ne se défioit de rien, il s'en saisit sans résistance, et s'en servit pour transporter ses troupes avec une incroyable diligence à l'embouchure du Galese ; puis il remonta très promptement sur les bords du fleuve. Ceux qui étoient dans les postes avancés autour du camp vers la riviere, crurent que ces vaisseaux leur amenoient les troupes qu'on attendoit ; on poussa d'abord de grands cris de joie. Adraste et ses soldats descendirent avant qu'on pût les reconnoître : ils tombent sur les alliés, qui ne se défient de rien ; ils les trouvent dans un camp tout ouvert, sans ordre, sans chef, sans armes.

Le côté du camp qu'il attaqua d'abord fut celui des Tarentins où com-

mandoit Phalante. Les Dauniens y en-
trerent avec tant de vigueur, que cette
jeunesse lacédémonienne étant surprise ne put résister. Pendant qu'ils cherchent leurs armes, et qu'ils s'embar-
rassent les uns les autres dans cette
confusion, Adraste fait mettre le feu
au camp. Aussitôt la flamme s'éleve
des pavillons et monte jusqu'aux nues :
le bruit du feu est semblable à celui
d'un torrent qui inonde toute une campagne, et qui entraîne par sa rapidité
les grands chênes avec leurs profondes
racines, les moissons, les granges, les
étables et les troupeaux. Le vent pousse
impétueusement la flamme de pavillon
en pavillon ; et bientôt tout le camp est
comme une vieille forêt qu'une étin-
celle de feu a embrasée.

Phalante, qui voit le péril de plus
près qu'un autre, ne peut y remédier.
Il comprend que toutes les troupes

vont périr dans cet incendie si on ne
se hâte d'abandonner le camp ; mais il
comprend aussi combien le désordre
de cette retraite est à craindre devant
un ennemi victorieux : il commence à
faire sortir sa jeunesse lacédémonienne
encore à demi désarmée. Mais Adraste
ne les laisse point respirer : d'un côté,
une troupe d'archers adroits perce de
fleches innombrables les soldats de Phalante ; de l'autre, des frondeurs jettent
une grêle de grosses pierres. Adraste
lui-même, l'épée à la main, marchant à
la tête d'une troupe choisie des plus in-
trépides Dauniens, poursuit à la lueur
du feu les troupes qui s'enfuient. Il
moissonne par le fer tranchant tout ce
qui a échappé au feu ; il nage dans le
sang ; il ne peut s'assouvir de carnage :
les lions et les tigres n'égalent point
sa furie quand ils égorgent les bergers
avec leurs troupeaux. Les troupes de
13.

Phalante succombent, et le courage les abandonne: la pâle mort, conduite par une furie infernale dont la tête est hérissée de serpents, glace le sang de leurs veines; leurs membres engourdis se roidissent, et leurs genoux chancelants leur ôtent même l'espérance de la fuite.

Phalante, à qui la honte et le désespoir donnent encore un reste de force et de vigueur, éleve les mains et les yeux vers le ciel; il voit tomber à ses pieds son frere Hippias sous les coups de la main foudroyante d'Adraste. Hippias, étendu par terre, se roule dans la poussiere; un sang noir et bouillonnant sort comme un ruisseau de la profonde blessure qui lui traverse le côté; ses yeux se ferment à la lumiere; son ame furieuse s'enfuit avec tout son sang. Phalante lui-même, tout couvert du sang de son frere, et ne pouvant le secourir, se voit enveloppé par une foule d'ennemis qui s'efforcent de le renverser ; son bouclier est percé de mille traits ; il est blessé en plusieurs endroits de son corps ; il ne peut plus rallier ses troupes fugitives : les dieux le voient, et ils n'en ont aucune pitié.

F I N D U L I V R E S E I Z I E M E.

SOMMAIRE

DU LIVRE DIX-SEPTIEME.

Télémaque, s'étant revêtu de ses armes divines, court au secours de Phalante ; renverse d'abord Iphyclès, fils d'Adraste ; repousse l'ennemi victorieux ; et remporteroit sur lui une victoire complete, si une tempête survenant ne faisoit finir le combat. Ensuite Télémaque fait emporter les blessés, prend soin d'eux, et principalement de Phalante. Il fait l'honneur des obseques de son frere Hippias, dont il lui va présenter les cendres qu'il a recueillies dans une urne d'or.

LIVRE DIX-SEPTIEME.

JUPITER, au milieu de toutes les divinités célestes, regardoit du haut de l'Olympe ce carnage des alliés. En même temps il consultoit les immuables destinées, et voyoit tous les chefs dont la trame devoit ce jour-là être tranchée par le ciseau de la Parque. Chacun des dieux étoit attentif pour découvrir sur le visage de Jupiter quelle seroit sa volonté. Mais le pere des dieux et des hommes leur dit d'une voix douce et majestueuse : Vous voyez en quelle extrémité sont réduits les alliés ; vous voyez Adraste qui renverse tous ses ennemis : mais ce spectacle est bien trompeur, la gloire et la prospérité des méchants est courte ; Adraste, impie, et odieux par sa mauvaise foi, ne remportera point une entiere victoire. Ce malheur n'arrive aux alliés que pour leur apprendre à se corriger et à mieux garder le secret de leurs entreprises. Ici la sage Minerve prépare une nouvelle gloire à son jeune Télémaque, dont elle fait ses délices. Alors Jupiter cessa de parler. Tous les dieux en silence continuoient à regarder le combat.

Cependant Nestor et Philoctete furent avertis qu'une partie du camp étoit déja brûlée ; que la flamme, poussée par le vent, s'avançoit toujours ; que leurs troupes étoient en désordre, et que Phalante ne pouvoit plus soutenir les efforts des ennemis. A peine ces funestes paroles frappent leurs oreilles, qu'ils courent aux armes, assemblent les capitaines, et ordonnent qu'on se hâte de sortir du camp pour éviter cet incendie.

Télémaque, qui étoit abattu et inconsolable, oublie sa douleur : il prend ses armes, don précieux de la sage Minerve, qui, paroissant sous la figure de Mentor, fit semblant de les avoir reçues d'un excellent ouvrier de Salente, mais qui les avoit fait faire à Vulcain dans les cavernes fumantes du mont Etna.

Ces armes étoient polies comme une glace, et brillantes comme les rayons du soleil. On y voyoit Neptune et Pallas qui disputoient entre eux à qui auroit la gloire de donner son nom à une ville naissante. Neptune de son trident frappoit la terre, et on en voyoit sortir un cheval fougueux : le feu sortoit de ses yeux et l'écume de sa bouche ; ses crins flottoient au gré du vent ; ses jambes souples et nerveuses se replioient avec vigueur et légèreté : il ne marchoit point, il sautoit à force de reins, mais avec tant de vîtesse, qu'il ne laissoit aucune trace de ses pas : on croyoit l'entendre hennir.

De l'autre côté, Minerve donnoit

aux habitants de sa nouvelle ville l'oli-
ve, fruit de l'arbre qu'elle avoit planté :
le rameau auquel pendoit son fruit représentoit la douce paix avec l'abondance, préférable aux troubles de la
guerre, dont ce cheval étoit l'image.
La déesse demeuroit victorieuse par ses
dons simples et utiles, et la superbe
Athenes portoit son nom.

On voyoit aussi Minerve assemblant
autour d'elle tous les beaux arts, qui
étoient des enfants tendres et ailés : ils
se réfugioient autour d'elle, étant épou-
vantés des fureurs brutales de Mars,
qui ravage tout, comme les agneaux
bêlants se réfugient autour de leur
mere à la vue d'un loup affamé, qui
d'une gueule béante et enflammée s'é-
lance pour les dévorer. Minerve, d'un
visage dédaigneux et irrité, confondoit
par l'excellence de ses ouvrages la folle
témérité d'Arachné, qui avoit osé dis-
puter avec elle pour la perfection des

tapisseries : on voyoit cette malheureuse, dont tous les membres exténués
se défiguroient et se changeoient en
araignée.

Auprès de cet endroit paroissoit encore Minerve, qui, dans la guerre des
géants, servoit de conseil à Jupiter même, et soutenoit tous les autres dieux
étonnés. Elle étoit aussi représentée a-
vec sa lance et son égide sur les bords
du Xanthe et du Simoïs, menant Ulysse
par la main, ranimant les troupes fugitives des Grecs, soutenant les efforts
des plus vaillants capitaines troyens et
du redoutable Hector même ; enfin,
introduisant Ulysse dans cette fatale
machine qui devoit en une seule nuit
renverser l'empire de Priam.

D'un autre côté, le bouclier représentoit Cérès dans les fertiles campagnes d'Enna qui sont au milieu de la
Sicile. On voyoit la déesse qui rassem-
bloit les peuples épars çà et là cher-

chant leur nourriture par la chasse, ou
cueillant les fruits sauvages qui tom-
boient des arbres. Elle montroit à ces
hommes grossiers l'art d'adoucir la terre et de tirer de son sein fécond leur
nourriture. Elle leur présentoit une
charrue et y faisoit atteler des bœufs.
On voyoit la terre s'ouvrir en sillons
par le tranchant de la charrue ; puis on
appercevoit les moissons dorées qui
couvroient ces fertiles campagnes : le
moissonneur, avec sa faux, coupoit
les doux fruits de la terre et se payoit
de toutes ses peines. Le fer, destiné
ailleurs à tout détruire, ne paroissoit
employé en ce lieu qu'à préparer l'a-
bondance et qu'à faire naître tous les
plaisirs.

Les nymphes, couronnées de fleurs,
dansoient ensemble dans une prairie,
sur le bord d'une riviere, auprès d'un
bocage : Pan jouoit de la flûte, les faunes et les satyres folâtres sautoient dans

un coin. Bacchus y paroissoit aussi, couronné de lierre, appuyé d'une main sur son thyrse, et tenant de l'autre une vigne ornée de pampres et de plusieurs grappes de raisins. C'étoit une beauté molle, avec je ne sais quoi de noble, de passionné et de languissant : il étoit tel qu'il parut à la malheureuse Ariadne, lorsqu'il la trouva seule, abandonnée, et abîmée dans la douleur, sur un rivage inconnu.

Enfin, on voyoit de toutes parts un peuple nombreux ; des vieillards qui alloient porter dans les temples les prémices de leurs fruits ; de jeunes hommes qui revenoient vers leurs épouses, lassés du travail de la journée : les femmes alloient au-devant d'eux, menant par la main leurs petits enfants qu'elles caressoient. On voyoit aussi des bergers qui paroissoient chanter, et quelques uns dansoient au son du chalumeau. Tout représentoit la paix, l'abondance

3.   14

et les délices : tout paroissoit riant et heureux. On voyoit même dans les pâturages les loups se jouer au milieu des moutons : le lion et le tigre, ayant quitté leur férocité, paissoient avec les tendres agneaux; un petit berger les menoit ensemble sous sa houlette : et cette aimable peinture rappelloit tous les charmes de l'âge d'or.

Télémaque, s'étant revêtu de ces armes divines, au lieu de prendre son bouclier ordinaire, prit la terrible égide que Minerve lui avoit envoyée en la confiant à Iris prompte messagere des dieux. Iris lui avoit enlevé son bouclier sans qu'il s'en apperçût, et lui avoit donné en la place cette égide redoutable aux dieux mêmes.

En cet état, il court hors du camp pour en éviter les flammes : il appelle à lui d'une voix forte les chefs de l'armée; et cette voix ranime déja tous les alliés éperdus. Un feu divin étincele dans les yeux du jeune guerrier. Il paroît toujours doux, toujours libre et tranquille, toujours appliqué à donner les ordres, comme pourroit faire un sage vieillard attentif à régler sa famille et à instruire ses enfants. Mais il est prompt et rapide dans l'exécution : semblable à un fleuve impétueux, qui non seulement roule avec précipitation ses flots écumeux, mais qui entraîne encore dans sa course les plus pesants vaisseaux dont il est chargé.

Philoctete, Nestor, les chefs des Manduriens et des autres nations, sentent dans le fils d'Ulysse je ne sais quelle autorité à laquelle il faut que tout cede : l'expérience des vieillards leur manque, le conseil et la sagesse sont ôtés à tous les commandants ; la jalousie même, si naturelle aux hommes, s'éteint dans les cœurs ; tous se taisent ; tous admirent Télémaque ; tous se rangent pour lui obéir, sans y faire de ré-

14.

flexion, et comme s'ils y eussent été accoutumés. Il s'avance, et monte sur une colline, d'où il observe la disposition des ennemis : puis tout-à-coup il juge qu'il faut se hâter de les surprendre dans le désordre où ils se sont mis en brûlant le camp des alliés. Il fait le tour en diligence : et tous les capitaines les plus expérimentés le suivent.

Il attaque les Dauniens par derriere, dans un temps où ils croyoient l'armée des alliés enveloppée dans les flammes de l'embrasement. Cette surprise les trouble ; ils tombent sous la main de Télémaque, comme les feuilles, dans les derniers jours de l'automne, tombent des forêts quand un fier aquilon, ramenant l'hiver, fait gémir les troncs des vieux arbres et en agite toutes les branches. La terre est couverte des hommes que Télémaque renverse. De son dard il perce le cœur d'Iphyclès, le plus jeune des enfants d'Adraste. Celui-çi osa se présenter contre lui au combat pour sauver la vie de son pere, qui pensa être surpris par Télémaque. Le fils d'Ulysse et Iphyclès étoient tous deux beaux, vigoureux, pleins d'adresse et de courage, de la même taille, de la même douceur, du même âge, tou deux chéris de leurs parents : mais Iphyclès étoit comme une fleur qui s'épanouit dans un champ, et qui doit être coupée par le tranchant de la faux du moissonneur. Ensuite Télémaque renverse Euphorion, le plus célebre de tous les Lydiens venus en Étrurie : enfin son glaive perce Cléomenes, nouveau marié, qui avoit promis à son épouse de lui porter les riches dépouilles des ennemis, mais qui ne devoit jamais la revoir.

Adraste frémit de rage voyant la mort de son cher fils, celle de plusieurs capitaines, et la victoire qui échappe de ses mains. Phalante, presque abattu à ses pieds, est comme une victime à demi égorgée qui se dérobe au couteau sacré, et qui s'enfuit loin de l'autel. Il ne falloit plus à Adraste qu'un moment pour achever la perte du Lacédémonien.

Phalante, noyé dans son sang et dans celui des soldats qui combattent avec lui, entend les cris de Télémaque qui s'avance pour le secourir : en ce moment la vie lui est rendue, un nuage qui couvroit déja ses yeux se dissipe. Les Dauniens, sentant cette attaque imprévue, abandonnent Phalante pour aller repousser un plus dangereux ennemi. Adraste est tel qu'un tigre à qui les bergers assemblés arrachent la proie qu'il étoit prêt à dévorer. Télémaque le cherche dans la mêlée, et veut finir tout-à-coup la guerre en délivrant les alliés de leur implacable ennemi.

Mais Jupiter ne vouloit pas donner au fils d'Ulysse une victoire si prompte

et si facile : Minerve même vouloit qu'il
eût à souffrir des maux plus longs, pour
mieux apprendre à gouverner les hommes. L'impie Adraste fut donc conser-
vé par le pere des dieux afin que Télémaque eût le temps d'acquérir plus de
gloire et plus de vertu. Un nuage que
Jupiter assembla dans les airs sauva les
Dauniens ; un tonnerre effroyable déclara la volonté des dieux : on auroit
cru que les voûtes éternelles du haut
Olympe alloient s'écrouler sur les têtes des foibles mortels ; les éclairs fen-
doient la nue de l'un à l'autre pôle, et
dans le moment où ils éblouissoient les
yeux par leurs feux perçants, on re-
tomboit dans les affreuses ténebres de
la nuit. Une pluie abondante qui tomba dans l'instant servit encore à sépa-
rer les deux armées.

Adraste profita du secours des dieux,
sans être touché de leur pouvoir, et
mérita par cette ingratitude d'être ré-

servé à une plus cruelle vengeance. Il
se hâta de faire passer ses troupes entre
le camp à demi brûlé et un marais qui
s'étendoit jusqu'à la riviere : il le fit
avec tant d'industrie et de promptitude,
que cette retraite montra combien il
avoit de ressources et de présence d'esprit. Les alliés, animés par Télémaque,
vouloient le poursuivre ; mais à la faveur de cet orage il leur échappa, comme un oiseau d'une aile légere échappe
aux filets des chasseurs.

Les alliés ne songerent plus qu'à
rentrer dans leur camp, et qu'à réparer leur perte. En y rentrant, ils virent
ce que la guerre a de plus lamentable :
les malades et les blessés, manquant
de force pour se traîner hors des tentes, n'avoient pu se garantir du feu ;
ils paroissoient à demi brûlés, poussant
vers le ciel, d'une voix plaintive et
mourante, des cris douloureux. Le
cœur de Télémaque en fut percé, il ne

put retenir ses larmes ; il détourna plusieurs fois ses yeux, étant saisi d'horreur et de compassion : il ne pouvoit voir sans frémir ces corps encore vivants et dévoués à une longue et cruelle mort ; ils paroissoient semblables à la chair des victimes qu'on a brûlées sur les autels, et dont l'odeur se répand de tous côtés.

Hélas ! s'écrioit Télémaque, voilà donc les maux que la guerre entraîne après elle ! Quelle fureur aveugle pousse les malheureux mortels ! ils ont si peu de jours à vivre sur la terre, ces jours sont si misérables ; pourquoi précipiter une mort déja si prochaine ? pourquoi ajouter tant de désolations affreuses à l'amertume dont les dieux ont rempli cette vie si courte ? Les hommes sont tous freres, et ils s'entre-déchirent ; les bêtes farouches sont moins cruelles. Les lions ne font point la guerre aux lions, ni les tigres aux tigres ;

ils n'attaquent que les animaux d'espece différente : l'homme seul, malgré sa raison, fait ce que les animaux sans raison ne firent jamais. Mais encore, pourquoi ces guerres ? N'y a-t-il pas assez de terre dans l'univers pour en donner à tous les hommes plus qu'ils n'en peuvent cultiver ? Combien y a-t-il de terres désertes ! le genre humain ne sauroit les remplir. Quoi donc ! une fausse gloire, un vain titre de conquérant qu'un prince veut acquérir, allume la guerre dans des pays immenses ! Ainsi un seul homme, donné au monde par la colere des dieux, en sacrifie brutalement tant d'autres à sa vanité. Il faut que tout périsse, que tout nage dans le sang, que tout soit dévoré par les flammes, que ce qui échappe au fer et au feu ne puisse échapper à la faim encore plus cruelle, afin qu'un seul homme, qui se joue de la nature humaine entiere, trouve dans cette des-

truction générale son plaisir et sa gloire! Quelle gloire monstrueuse! Peut-
on trop abhorrer et trop mépriser des
hommes qui ont tellement oublié l'humanité? Non, non : bien loin d'être
des demi-dieux, ce ne sont pas même
des hommes; ils doivent être en exé-
cration à tous les siecles dont ils ont
cru être admirés. Oh! que les rois doivent bien prendre garde aux guerres
qu'ils entreprennent! Elles doivent être
justes : ce n'est pas assez, il faut qu'elles
soient nécessaires pour le bien public.
Le sang d'un peuple ne doit être versé
que pour sauver ce même peuple dans
les besoins extrêmes. Mais les conseils
flatteurs, les fausses idées de gloire,
les vaines jalousies, l'injuste avidité qui
se couvre de beaux prétextes, enfin les
engagements insensibles, entraînent
presque toujours les rois dans des guerres où ils se rendent malheureux, où
ils hasardent tout sans nécessité, et où

ils font autant de mal à leurs sujets qu'à leurs ennemis. Ainsi raisonnoit Télémaque.

Mais il ne se contentoit pas de déplorer les maux de la guerre; il tâchoit de les adoucir. On le voyoit aller dans les tentes secourir lui-même les malades et les mourants; il leur donnoit de l'argent et des remedes; il les consoloit et les encourageoit par des discours pleins d'amitié, et envoyoit visiter ceux qu'il ne pouvoit visiter lui-même.

Parmi les Crétois qui étoient avec lui, il y avoit deux vieillards, dont l'un se nommoit Traumaphile et l'autre Nosophuge.

Traumaphile avoit été au siege de Troie avec Idoménée, et avoit appris des enfants d'Esculape l'art divin de guérir les plaies. Il répandoit dans les blessures les plus profondes et les plus envenimées une liqueur odoriférante qui consumoit les chairs mortes et corrompues, sans avoir besoin de faire aucune incision, et qui formoit promptement de nouvelles chairs plus saines et plus belles que les premieres.

Pour Nosophuge, il n'avoit jamais vu les enfants d'Esculape ; mais il avoit eu, par le moyen de Mérion, un livre sacré et mystérieux qu'Esculape avoit donné à ses enfants. D'ailleurs Nosophuge étoit ami des dieux ; il avoit composé des hymnes en l'honneur des enfants de Latone ; il offroit tous les jours le sacrifice d'une brebis blanche et sans tache à Apollon, par lequel il étoit souvent inspiré. A peine avoit-il vu un malade, qu'il connoissoit à ses yeux, à la couleur de son teint, à la conformation de son corps, et à sa respiration, la cause de sa maladie. Tantôt il donnoit des remedes qui faisoient suer ; et il montroit, par le succès des sueurs, combien la transpiration, diminuée ou facilitée, déconcerte ou rétablit toute la machine du corps : tantôt il donnoit, pour les maux de langueur , certains breuvages qui fortifioient peu-à-peu les parties nobles , et qui rajeunissoient les hommes en adoucissant leur sang. Mais il assuroit que c'étoit faute de vertu et de courage , que les hommes avoient si souvent besoin de la médecine. C'est une honte, disoit-il, pour les hommes, qu'ils aient tant de maladies ; car les bonnes mœurs produisent la santé. Leur intempérance, disoit-il encore , change en poisons mortels les aliments destinés à conserver la vie. Les plaisirs, pris sans modération, abregent plus les jours des hommes que les remedes ne peuvent les prolonger. Les pauvres sont moins souvent malades faute de nourriture, que les riches ne le deviennent pour en prendre trop. Les aliments qui flattent trop le goût, et qui font manger au-delà du besoin, empoisonnent au lieu de nourrir. Les remedes sont eux-mêmes de véritables maux qui usent la nature, et dont il ne faut se servir que dans les pressants besoins. Le grand remede, qui est toujours innocent, et toujours d'un usage utile, c'est la sobriété, c'est la tempérance dans tous les plaisirs, c'est la tranquillité de l'esprit, c'est l'exercice du corps. Par-là on fait un sang doux et tempéré, et on dissipe toutes les humeurs superflues. Ainsi le sage Nosophuge étoit moins admirable par ses remedes, que par le régime qu'il conseilloit pour prévenir les maux, et pour rendre les remedes inutiles.

Ces deux hommes furent envoyés par Télémaque pour visiter tous les malades de l'armée. Ils en guérirent beaucoup par leurs remedes : mais ils en guérirent bien davantage par le soin qu'ils prirent pour les faire servir à propos ; car ils s'appliquoient à les tenir proprement, à empêcher le mau-

vais air par cette propreté, à leur faire
garder un régime de sobriété exacte
dans leur convalescence. Tous les soldats, touchés de ces secours, rendoient
graces aux dieux d'avoir envoyé Télémaque dans l'armée des alliés.

Ce n'est pas un homme, disoient-
ils, c'est sans doute quelque divinité
bienfaisante sous une figure humaine.
Du moins, si c'est un homme, il ressemble moins au reste des hommes
qu'aux dieux ; il n'est sur la terre que
pour faire du bien ; il est encore plus
aimable par sa douceur et par sa bonté
que par sa valeur. Oh ! si nous pou-
vions l'avoir pour roi ! mais les dieux
le réservent pour quelque peuple plus
heureux qu'ils chérissent, et chez lequel ils veulent renouveller l'âge d'or.

Télémaque, pendant qu'il alloit la
nuit visiter les quartiers du camp, par
précaution contre les ruses d'Adraste,
entendoit ces louanges, qui n'étoient

point suspectes de flatterie , comme
celles que les flatteurs donnent souvent
en face aux princes, supposant qu'ils
n'ont ni modestie ni délicatesse, et qu'il
n'y a qu'à les louer sans mesure pour
s'emparer de leur faveur. Le fils d'U-
lysse ne pouvoit goûter que ce qui étoit
vrai : il ne pouvoit souffrir d'autres
louanges que celles qu'on lui donnoit
en secret loin de lui, et qu'il avoit véritablement méritées. Son cœur n'étoit
pas insensible à celles-là ; il sentoit ce
plaisir si doux et si pur, que les dieux
ont attaché à la seule vertu , et que les
méchants, faute de l'avoir éprouvé , ne
peuvent ni concevoir ni croire : mais
il ne s'abandonnoit point à ce plaisir ;
aussitôt revenoient en foule dans son
esprit toutes les fautes qu'il avoit faites ;
il n'oublioit point sa hauteur naturelle
et son indifférence pour les hommes ;
il avoit une honte secrete d'être né si
dur, et de paroître si humain. Il ren-

15..

voyoit à la sage Minerve toute la gloire qu'on lui donnoit, et qu'il ne croyoit pas mériter.

C'est vous, disoit-il, ô grande déesse! qui m'avez donné Mentor pour m'instruire et pour corriger mon mauvais naturel; c'est vous qui me donnez la sagesse de profiter de mes fautes pour me défier de moi-même; c'est vous qui retenez mes passions impétueuses; c'est vous qui me faites sentir le plaisir de soulager les malheureux : sans vous je serois haï et digne de l'être; sans vous je ferois des fautes irréparables; je serois comme un enfant, qui, ne sentant pas sa foiblesse, quitte sa mere et tombe dès le premier pas.

Nestor et Philoctete étoient étonnés de voir Télémaque devenu si doux, si attentif à obliger les hommes, si officieux, si secourable, si ingénieux pour prévenir tous les besoins; ils ne savoient que croire, ils ne reconnoissoient plus

en lui le même homme. Ce qui les surprit davantage fut le soin qu'il prit des
funérailles d'Hippias. Il alla lui-même
retirer son corps sanglant et défiguré
de l'endroit où il étoit caché sous un
monceau de corps morts ; il versa sur
lui des larmes pieuses ; il dit : Ô grande
ombre ! tu le sais maintenant combien
j'ai estimé ta valeur. Il est vrai que ta
fierté m'avoit irrité ; mais tes défauts
venoient d'une jeunesse ardente : je sais
combien cet âge a besoin qu'on lui par-
donne. Nous eussions dans la suite été
sincèrement unis : j'avois tort de mon
côté. Ô dieux ! pourquoi me le ravir
avant que j'aie pu le forcer de m'aimer !

Ensuite Télémaque fit laver le corps
dans des liqueurs odoriférantes, puis
on prépara par son ordre un bûcher.
Les grands pins, gémissant sous les
coups des haches, tombent en roulant
du haut des montagnes ; les chênes, ces

vieux enfants de la terre qui sembloient menacer le ciel, les hauts peupliers, les ormeaux, dont les têtes sont si vertes et si ornées d'un épais feuillage, les hêtres, qui sont l'honneur des forêts, viennent tomber sur le bord du fleuve Galese : là s'éleve avec ordre un bûcher qui ressemble à un bâtiment régulier ; la flamme commence à paroître, un tourbillon de fumée monte jusqu'au ciel.

Les Lacédémoniens s'avancent d'un pas lent et lugubre, tenant leurs piques renversées et leurs yeux baissés : la douleur amere est peinte sur ces visages si farouches, et les larmes coulent abondamment. Puis on voyoit venir Phérécide, vieillard moins abattu par le nombre des années que par la douleur de survivre à Hippias, qu'il avoit élevé depuis son enfance. Il levoit vers le ciel ses mains et ses yeux noyés de larmes.

Depuis la mort d'Hippias il refusoit
toute nourriture ; le doux sommeil n'a-
voit pu appesantir ses paupieres , ni
suspendre un moment sa cuisante peine : il marchoit d'un pas tremblant ,
suivant la foule , et ne sachant où il
alloit. Nulle parole ne sortoit de sa bouche , car son cœur étoit trop serré ; c'é-
toit un silence de désespoir et d'abatte-
ment : mais quand il vit le bûcher allumé, il parut tout-à-coup furieux , et il
s'écria : Ô Hippias ! Hippias ! je ne te
verrai plus ! Hippias n'est plus , et je vis
encore ! Ô mon cher Hippias ! c'est moi
cruel, moi impitoyable, qui t'ai appris
à mépriser la mort. Je croyois que tes
mains fermeroient mes yeux, et que
tu recueillerois mon dernier soupir : ô
dieux cruels ! vous prolongez ma vie
pour me faire voir la mort d'Hippias !
Ô cher enfant que j'ai nourri, et qui
m'as couté tant de soins , je ne te verrai

plus ! mais je verrai ta mere qui mourra de tristesse en me reprochant ta mort : je verrai ta jeune épouse frappant sa poitrine, arrachant ses cheveux ; et j'en serai cause ! Ô chere ombre ! appelle-moi sur les rives du Styx ; la lumiere m'est odieuse : c'est toi seul, mon cher Hippias, que je veux revoir. Hippias ! Hippias ! ô mon cher Hippias ! je ne vis encore que pour rendre à tes cendres le dernier devoir.

Cependant on voyoit le corps du jeune Hippias étendu, qu'on portoit dans un cercueil orné de pourpre, d'or et d'argent. La mort, qui avoit éteint ses yeux, n'avoit pu effacer toute sa beauté, et les graces étoient encore à demi peintes sur son visage pâle. On voyoit flotter autour de son cou, plus blanc que la neige, mais penché sur l'épaule, ses longs cheveux noirs, plus beaux que ceux d'Atys ou de Gany-

mede, qui alloient être réduits en cen-
dre : on remarquoit dans le côté la blessure profonde par où tout son sang s'é-
toit écoulé, et qui l'avoit fait descendre
dans le royaume sombre de Pluton.

Télémaque, triste et abattu, suivoit
de près le corps, et lui jettoit des fleurs.
Quand on fut arrivé au bûcher, le jeune
fils d'Ulysse ne put voir la flamme pé-
nétrer les étoffes qui enveloppoient le
corps, sans répandre de nouvelles larmes. Adieu, dit-il, ô magnanime Hippias ! car je n'ose te nommer mon ami :
appaise-toi, ô ombre qui as mérité tant
de gloire ! Si je ne t'aimois, j'envierois
ton bonheur ; tu es délivré des miseres
où nous sommes encore, et tu en es
sorti par le chemin le plus glorieux.
Hélas ! que je serois heureux de finir
de même ! Que le Styx n'arrête point
ton ombre ; que les champs élysées lui
soient ouverts ; que la renommée con-

serve ton nom dans tous les siècles, et que tes cendres reposent en paix!

A peine eut-il dit ces paroles entre-mêlées de soupirs, que toute l'armée poussa un cri : on s'attendrissoit sur Hippias, dont on racontoit les grandes actions; et la douleur de sa mort, rappellant toutes ses bonnes qualités, faisoit oublier les défauts qu'une jeunesse impétueuse et une mauvaise éducation lui avoient donnés. Mais on étoit encore plus touché des sentiments tendres de Télémaque. Est-ce donc là, disoit-on, ce jeune Grec si fier, si hautain, si dédaigneux, si intraitable? le voilà devenu doux, humain, tendre. Sans doute Minerve, qui a tant aimé son pere, l'aime aussi; sans doute elle lui a fait le plus précieux don que les dieux puissent faire aux hommes, en lui donnant avec la sagesse un cœur sensible à l'amitié

Le corps étoit déja consumé par les flammes. Télémaque lui-même arrosa deliqueur parfumée ses cendres encore fumantes, puis il les mit dans une urne d'or qu'il couronna de fleurs, et il porta cette urne à Phalante. Celui-ci étoit étendu, percé de diverses blessures; et, dans son extrême foiblesse, il entrevoyoit près de lui les portes sombres des enfers.

Déja Traumaphile et Nosophuge, envoyés par le fils d'Ulysse, lui avoient donné tous les secours de leur art; ils rappelloient peu-à-peu son ame prête à s'envoler: de nouveaux esprits le ranimoient insensiblement; une force douce et pénétrante, un baume de vie s'insinuoit de veine en veine jusqu'au fond de son cœur; une chaleur agréable le déroboit aux mains glacées de la mort. En ce moment, la défaillance cessant, la douleur succéda; il commença à sentir la perte de son frere, qu'il n'avoit point été jusqu'alors en état de sentir. Hélas! disoit-il, pourquoi prend-on de si grands soins de me faire vivre! ne me vaudroit-il pas mieux mourir et suivre mon cher Hippias! je l'ai vu périr tout auprès de moi! Ô Hippias, la douceur de ma vie, mon frere, mon cher frere, tu n'es plus! je ne pourrai donc plus, ni te voir, ni t'entendre, ni t'embrasser, ni te dire mes peines, ni te consoler dans les tiennes! Ô dieux ennemis des hommes! il n'y a plus d'Hippias pour moi! est-il possible! Mais n'est-ce point un songe? non, il n'est que trop vrai. Ô Hippias! je t'ai perdu, je t'ai vu mourir: et il faut que je vive encore autant qu'il sera nécessaire pour te venger; je veux immoler à tes mânes le cruel Adraste teint de ton sang.

Pendant que Phalante parloit ainsi,

les deux hommes divins tâchoient d'appaiser sa douleur de peur qu'elle n'augmentât ses maux et n'empêchât l'effet des remedes. Tout-à-coup il apperçoit Télémaque qui se présente à lui. D'abord son cœur fut combattu par deux passions contraires : il conservoit un ressentiment de tout ce qui s'étoit passé entre Télémaque et Hippias ; la douleur de la perte d'Hippias rendoit ce ressentiment encore plus vif : d'un autre côté, il ne pouvoit ignorer qu'il devoit la conservation de sa vie à Télémaque, qui l'avoit tiré sanglant et à demi mort des mains d'Adraste. Mais quand il vit l'urne d'or où étoient renfermées les cendres si cheres de son frere Hippias, il versa un torrent de larmes ; il embrassa d'abord Télémaque sans pouvoir lui parler, et lui dit enfin d'une voix languissante entrecoupée de sanglots :

16.

Digne fils d'Ulysse, votre vertu me
force à vous aimer. Je vous dois ce reste
de vie qui va s'éteindre ; mais je vous
dois quelque chose qui m'est bien plus
cher : sans vous, le corps de mon frere
auroit été la proie des vautours ; sans
vous, son ombre, privée de la sépulture, seroit malheureusement errante
sur les rives du Styx, toujours repous-
sée par l'impitoyable Caron. Faut-il
que je doive tant à un homme que j'ai
tant haï ! Ô dieux ! récompensez-le, et
délivrez-moi d'une vie si malheureuse !
Pour vous, ô Télémaque, rendez-moi
les derniers devoirs que vous avez rendus à mon frere, afin que rien ne manque à votre gloire.

A ces paroles Phalante demeura é-
puisé et abattu d'un excès de douleur.
Télémaque se tint auprès de lui sans
oser lui parler, et attendant qu'il reprît
ses forces. Bientôt Phalante, revenant

de cette défaillance, prit l'urne des mains de Télémaque, la baisa plusieurs fois, l'arrosa de ses larmes, et dit : Ô cheres, ô précieuses cendres ! quand est-ce que les miennes seront renfermées avec vous dans cette même urne ! Ô ombre d'Hippias ! je te suis dans les enfers : Télémaque nous vengera tous deux.

Cependant le mal de Phalante diminua de jour en jour par les soins des deux hommes qui avoient la science d'Esculape. Télémaque étoit sans cesse avec eux auprès du malade pour les rendre plus attentifs à avancer sa guérison ; et toute l'armée admiroit bien plus la bonté de cœur avec laquelle il secouroit son plus grand ennemi, que la valeur et la sagesse qu'il avoit montrées en sauvant dans la bataille l'armée des alliés.

En même temps Télémaque se mon-

16..

troit infatigable dans les plus rudes travaux de la guerre : il dormoit peu ; et
son sommeil étoit souvent interrompu,
ou par les avis qu'il reèevoit à toutes
les heures de la nuit comme du jour,
ou par la visite de tous les quartiers du
camp, qu'il ne faisoit jamais deux fois
de suite aux mêmes heures, pour mieux
surprendre ceux qui n'étoient pas assez
vigilants. Il revenoit souvent dans sa
tente couvert de sueur et de poussiere. Sa nourriture étoit simple ; il vivoit
comme les soldats, pour leur donner
l'exemple de la sobriété et de la patience. L'armée ayant peu de vivres
dans ce campement, il jugea nécessaire d'arrêter les murmures des soldats
en souffrant lui-même volontairement
les mêmes incommodités qu'eux. Son
corps, loin de s'affoiblir dans une vie
si pénible, se fortifioit et s'endurcissoit
chaque jour : il commençoit à n'avoir

plus ces graces si tendres qui sont comme la fleur de la premiere jeunesse : son teint devenoit plus brun et moins délicat , ses membres moins mous et plus nerveux.

FIN DU LIVRE DIX-SEPTIEME.

SOMMAIRE

DU LIVRE DIX-HUITIEME.

Télémaque, persuadé par divers songes que son pere Ulysse n'est plus sur la terre, exécute son dessein de l'aller chercher dans les enfers. Il se dérobe du camp, étant suivi de deux Crétois jusqu'à un temple près de la fameuse caverne d'Achérontia. Il s'y enfonce au travers des ténebres, arrive au bord du Styx, et Caron le reçoit dans sa barque. Il va se présenter devant Pluton, qu'il trouve préparé à lui permettre de chercher son pere. Il traverse le tartare, où il voit les tourments que souffrent les ingrats, les parjures, les hypocrites, et sur-tout les mauvais rois.

LIVRE DIX-HUITIEME.

ADRASTE, dont les troupes avoient
été considérablement affoiblies dans le
combat, s'étoit retiré derriere la montagne d'Aulon pour attendre divers secours et pour tâcher de surprendre encore une fois ses ennemis : semblable
à un lion affamé, qui, ayant été re-
poussé d'une bergerie, s'en retourne
dans les sombres forêts et rentre dans
sa caverne, où il aiguise ses dents et
ses griffes, attendant le moment favorable pour égorger les troupeaux.

Télémaque, ayant pris soin de mettre une exacte discipline dans tout le
camp, ne songea plus qu'à exécuter
un dessein qu'il avoit conçu, et qu'il
cacha à tous les chefs de l'armée. Il y
avoit déja long-temps qu'il étoit agité
pendant toutes les nuits par des songes.

qui lui représentoient son pere Ulysse.
Cette chere image revenoit toujours
sur la fin de la nuit, avant que l'aurore
vînt chasser du ciel, par ses feux nais-
sants, les inconstantes étoiles, et de dessus la terre le doux sommeil suivi des
songes voltigeants. Tantôt il croyoit
voir Ulysse nu, dans une isle fortunée,
sur la rive d'un fleuve, dans une prairie
ornée de fleurs, et environné de nymphes qui lui jettoient des habits pour
se couvrir : tantôt il croyoit l'entendre
parler dans un palais tout éclatant d'or
et d'ivoire, où des hommes couronnés
de fleurs l'écoutoient avec plaisir et
admiration. Souvent Ulysse lui appa-
roissoit tout-à-coup dans des festins où
la joie éclatoit parmi les délices, et où
l'on entendoit les tendres accords d'u-
ne voix avec une lyre plus douce que
la lyre d'Apollon et que les voix de toutes les muses.

Télémaque, en s'éveillant, s'attris-

toit de ces songes si agréables. Ô mon
pere ! ô mon cher pere Ulysse ! s'é-
crioit-il, les songes les plus affreux me
seroient plus doux ! Ces images de félicité me font comprendre que vous êtes
déja descendu dans le séjour des ames
bienheureuses que les dieux récompen-
sent de leurs vertus par une éternelle
tranquillité. Je crois voir les champs
élysées. Oh ! qu'il est cruel de n'espérer
plus ! Quoi donc, ô mon cher pere ! je
ne vous verrai jamais ! jamais je n'em-
brasserai celui qui m'aimoit tant, et
que je cherche avec tant de peines !
jamais je n'entendrai parler cette bouche d'où sortoit la sagesse ! jamais je ne
baiserai ces mains, ces cheres mains,
ces mains victorieuses, qui ont abattu
tant d'ennemis ! elles ne puniront point
les insensés amants de Pénélope, et
Ithaque ne se relevera jamais de sa ruine ! Ô dieux ennemis de mon pere !
vous m'envoyez ces songes funestes

pour arracher toute espérance de mon
cœur : c'est m'arracher la vie. Non, je
ne puis plus vivre dans cette incertitude. Que dis-je, hélas ! je ne suis que
trop certain que mon pere n'est plus. Je
vais chercher son ombre jusques dans
les enfers. Thésée y est bien descendu ;
Thésée, cet impie qui vouloit outrager
les divinités infernales : et moi, j'y vais,
conduit par la piété. Hercule y descen-
dit : je ne suis point Hercule ; mais il
est beau d'oser l'imiter. Orphée a bien
touché, par le récit de ses malheurs,
le cœur de ce dieu qu'on dépeint comme inexorable : il obtint de lui qu'Eu-
rydice retourneroit parmi les vivants.
Je suis plus digne de compassion qu'Orphée ; car ma perte est plus grande.
Qui pourroit comparer une jeune fille
semblable à tant d'autres, avec le sage
Ulysse admiré de toute la Grece ? Allons ; mourons, s'il le faut. Pourquoi
craindre la mort quand on souffre tant

dans la vie? Ô Pluton! ô Proserpine! j'éprouverai bientôt si vous êtes aussi impitoyables qu'on le dit! Ô mon pere! après avoir parcouru en vain les terres et les mers pour vous trouver, je vais voir si vous n'êtes point dans la sombre demeure des morts. Si les dieux me refusent de vous posséder sur la terre et à la lumiere du soleil, peut-être ne me refuseront-ils pas de voir au moins votre ombre dans le royaume de la nuit.

En disant ces paroles, Télémaque arrosoit son lit de ses larmes: aussitôt il se levoit, et cherchoit par la lumiere à soulager la douleur cuisante que ces songes lui avoient causée; mais c'étoit une fleche qui avoit percé son cœur et qu'il portoit par-tout avec lui.

Dans cette peine, il entreprit de descendre aux enfers par un lieu célebre qui n'étoit pas éloigné du camp: on l'appelloit Achérontia, à cause qu'il y avoit en ce lieu une caverne affreuse,

de laquelle on descendoit sur les rives
de l'Achéron, par lequel les dieux mêmes craignent de jurer. La ville étoit
sur un rocher, posée comme un nid
sur le haut d'un arbre : au pied de ce
rocher on trouvoit la caverne, de laquelle les timides mortels n'osoient approcher ; les bergers avoient soin d'en
détourner leurs troupeaux. La vapeur
soufrée du marais stygien, qui s'exha-
loit sans cesse par cette ouverture, em-
pestoit l'air. Tout autour il ne croissoit
ni herbe ni fleurs ; on n'y sentoit jamais
les doux zéphyrs, ni les graces naissan-
tes du printemps, ni les riches dons de
l'automne : la terre, aride, y languis-
soit ; on y voyoit seulement quelques
arbustes dépouillés et quelques cyprès
funestes. Au loin même, tout à l'entour,
Cérès refusoit aux laboureurs ses moissons dorées. Bacchus sembloit en vain
y promettre ses doux fruits : les grappes de raisin se desséchoient au lieu de

mûrir. Les naïades, tristes, ne faisoient
point couler une onde pure ; leurs flots
étoient toujours amers et troubles. Les
oiseaux ne chantoient jamais dans cette
terre hérissée de ronces et d'épines, et
n'y trouvoient aucun bocage pour se retirer : ils alloient chanter leurs amours
sous un ciel plus doux. Là on n'entendoit que le croassement des corbeaux
et la voix lugubre des hibous : l'herbe
même y étoit amere, et les troupeaux
qui la paissoient ne sentoient point la
douce joie qui les fait bondir. Le tau-
reau fuyoit la génisse ; et le berger, tout
abattu, oublioit sa musette et sa flûte.

De cette caverne sortoit de temps en
temps une fumée noire et épaisse qui
faisoit une espece de nuit au milieu du
jour. Les peuples voisins redoubloient
alors leurs sacrifices pour appaiser les
divinités infernales : mais souvent les
hommes à la fleur de leur âge et dès
leur plus tendre jeunesse étoient les

17

seules victimes que ces divinités cruelles prenoient plaisir à immoler par une
funeste contagion.

C'est là que Télémaque résolut de
chercher le chemin de la sombre demeure de Pluton. Minerve, qui veilloit
sans cesse sur lui, et qui le couvroit de
son égide, lui avoit rendu Pluton favorable. Jupiter même, à la priere de
Minerve, avoit ordonné à Mercure,
qui descend chaque jour aux enfers
pour livrer à Caron un certain nombre de morts, de dire au roi des ombres qu'il laissât entrer le fils d'Ulysse
dans son empire.

Télémaque se dérobe du camp pendant la nuit; il marche à la clarté de la
Lune, et il invoque cette puissante divinité, qui, étant dans le ciel le brillant
astre de la nuit, et sur la terre la chaste
Diane, est aux enfers la redoutable
Hécate. Cette divinité écouta favorablement ses vœux, parceque son cœur

étoit pur, et qu'il étoit conduit par l'a-
mour pieux qu'un fils doit à son pere.
A peine fut-il auprès de l'entrée de la
caverne, qu'il entendit l'empire souter-
rain mugir. La terre trembloit sous ses
pas ; le ciel s'arma d'éclairs et de feux
qui sembloient tomber sur la terre.
Le jeune fils d'Ulysse sentit son cœur
ému ; tout son corps étoit couvert d'une
sueur glacée : mais son courage se soutint ; il leva les yeux et les mains au ciel.
Grands dieux ! s'écria-t-il, j'accepte ces
présages que je crois heureux ; achevez
votre ouvrage. Il dit ; et, redoublant ses
pas , il se présenta hardiment.

Aussitôt la fumée épaisse qui rendoit
l'entrée de la caverne funeste à tous les
animaux dès qu'ils en approchoient,
se dissipa ; l'odeur empoisonnée cessa
pour un peu de temps. Télémaque entra seul ; car quel autre mortel eût osé
le suivre ! Deux Crétois, qui l'avoient
accompagné jusqu'à une certaine dis-

tance de la caverne, et auxquels il avoit confié son dessein, demeurerent tremblants et à demi morts assez loin de là dans un temple, faisant des vœux, et n'espérant plus de revoir Télémaque.

Cependant le fils d'Ulysse, l'épée à la main, s'enfonce dans ces ténebres horribles. Bientôt il apperçoit une foible et sombre lueur, telle qu'on la voit pendant la nuit sur la terre : il remarque les ombres légeres qui voltigent autour de lui ; il les écarte avec son épée : ensuite il voit les tristes bords du fleuve marécageux dont les eaux bourbeuses et dormantes ne font que tournoyer. Il découvre sur ce rivage une foule innombrable de morts privés de la sépulture, qui se présentent en vain à l'impitoyable Caron. Ce dieu, dont la vieillesse éternelle est toujours triste et chagrine, mais pleine de vigueur, les menace, les repousse, et admet d'abord dans sa barque le jeune Grec. En entrant, Télémaque entend les gémissements d'une ombre qui ne pouvoit se consoler.

Quel est donc, lui dit·il, votre malheur? qui étiez·vous sur la terre? J'étois, lui répondit cette ombre, Nabopharzan, roi de la superbe Babylone: tous les peuples de l'Orient trembloient au seul bruit de mon nom: je me faisois adorer par les Babyloniens dans un temple de marbre où j'étois représenté par une statue d'or, devant laquelle on brûloit nuit et jour les plus précieux parfums de l'Éthiopie: jamais personne n'osa me contredire sans être aussitôt puni: on inventoit chaque jour de nouveaux plaisirs pour me rendre la vie plus délicieuse. J'étois encore jeune et robuste; hélas! que de prospérités ne me restoit-il pas encore à goûter sur le trône! mais une femme que j'aimois, et qui ne m'aimoit pas, m'a bien fait sentir que je n'étois pas dieu; elle m'a empoisonné: je ne suis plus rien. On

mit hier avec pompe mes cendres dans
une urne d'or ; on pleura ; on s'arracha
les cheveux ; on fit semblant de vouloir
se jetter dans les flammes de mon bûcher pour mourir avec moi ; on va encore gémir au pied du superbe tombeau où l'on a mis mes cendres : mais
personne ne me regrette, ma mémoire
est en horreur même dans ma famille ;
et ici-bas je souffre déja d'horribles trai-
tements.

Télémaque, touché de ce spectacle,
lui dit : Étiez-vous véritablement heureux pendant votre regne ? sentiez-vous
cette douce paix sans laquelle le cœur
demeure toujours serré et flétri au milieu des délices ? Non, répondit le Babylonien ; je ne sais même ce que vous
voulez dire. Les sages vantent cette
paix comme l'unique bien : pour moi,
je ne l'ai jamais sentie ; mon cœur étoit
sans cesse agité de desirs nouveaux,
de crainte et d'espérance. Je tâchois

de m'étourdir moi-même par l'ébran-
lement de mes passions ; j'avois soin
d'entretenir cette ivresse pour la rendre
continuelle : le moindre intervalle de
raison tranquille m'eût été trop amer.
Voilà la paix dont j'ai joui ; toute autre
me paroît une fable et un songe : voilà
les biens que je regrette

En parlant ainsi, le Babylonien pleuroit comme un homme lâche qui a été
amolli par les prospérités, et qui n'est
point accoutumé à supporter constam-
ment un malheur. Il avoit auprès de
lui quelques esclaves qu'on avoit fait
mourir pour honorer ses funérailles :
Mercure les avoit livrés à Caron avec
leur roi, et leur avoit donné une puissance absolue sur ce roi qu'ils avoient
servi sur la terre. Ces ombres d'esclaves
ne craignoient plus l'ombre de Nabopharzan ; elles la tenoient enchaînée,
et lui faisoient les plus cruelles indi-
gnités. L'une lui disoit : N'étions-nous

pas hommes aussi-bien que toi? comment étois-tu assez insensé pour te croire un dieu? et ne falloit-il pas te souvenir que tu étois de la race des autres hommes? Une autre, pour lui insulter, disoit: Tu avois raison de ne vouloir pas qu'on te prît pour un homme; car tu étois un monstre sans humanité. Une autre lui disoit: Hé bien! où sont maintenant tes flatteurs? tu n'as plus rien à donner, malheureux! tu ne peux plus faire aucun mal; te voilà devenu esclave de tes esclaves mêmes: les dieux sont lents à faire justice; mais enfin ils la font.

A ces dures paroles, Nabopharzan se jettoit le visage contre terre, arrachant ses cheveux dans un excès de rage et de désespoir. Mais Caron disoit aux esclaves: Tirez-le par sa chaîne; relevez-le malgré lui: il n'aura pas même la consolation de cacher sa honte; il faut que toutes les ombres du Styx

en soient témoins , pour justifier les
dieux qui ont souffert si long-temps
que cet impie régnât sur la terre. Ce
n'est encore là , ô Babylonien ! que le
commencement de tes douleurs ; pré-
pare-toi à être jugé par l'inflexible Minos, juge des enfers.

Pendant ce discours du terrible Caron, la barque touchoit déja le rivage
de l'empire de Pluton : toutes les ombres accouroient pour considérer cet
homme vivant qui paroissoit au milieu
de ces morts dans la barque ; mais dans
le moment où Télémaque mit pied à
terre, elles s'enfuirent, semblables aux
ombres de la nuit que la moindre clarté
du jour dissipe. Caron montrant au
jeune Grec un front moins ridé et des
yeux moins farouches qu'à l'ordinaire,
lui dit : Mortel chéri des dieux, puisqu'il t'est donné d'entrer dans le royaume de la nuit, inaccessible aux autres
vivants, hâte-toi d'aller où les destins

t'appellent; va par ce chemin sombre au palais de Pluton que tu trouveras sur son trône; il te permettra d'entrer dans les lieux dont il m'est défendu de te découvrir le secret.

Aussitôt Télémaque s'avance à grands pas : il voit de tous côtés voltiger les ombres, plus nombreuses que les grains de sable qui couvrent les rivages de la mer; et, dans l'agitation de cette multitude infinie, il est saisi d'une horreur divine, observant le profond silence de ces vastes lieux. Ses cheveux se dressent sur sa tête quand il aborde le noir séjour de l'impitoyable Pluton; il sent ses genoux chancelants; la voix lui manque; et c'est avec peine qu'il peut prononcer au dieu ces paroles: Vous voyez, ô terrible divinité, le fils du malheureux Ulysse; je viens vous demander si mon pere est descendu dans votre empire, ou s'il est encore errant sur la terre.

Pluton étoit sur un trône d'ébene ; son visage étoit pâle et sévere, ses yeux creux et étincelants, son front ridé et menaçant. La vue d'un homme vivant lui étoit odieuse, comme la lumiere offense les yeux des animaux qui ont accoutumé de ne sortir de leurs retraites que pendant la nuit. A son côté paroissoit Proserpine, qui attiroit seule ses regards, et qui sembloit un peu adoucir son cœur : elle jouissoit d'une béauté toujours nouvelle ; mais elle paroissoit avoir joint à ses graces divines je ne sais quoi de dur et de cruel de son époux.

Au pied du trône étoit la mort, pâle et dévorante, avec sa faux tranchante, qu'elle aiguisoit sans cesse. Autour d'elle voloient les noirs soucis ; les cruelles défiances ; les vengeances toutes dégouttantes de sang et couvertes de plaies ; les haines injustes ; l'avarice qui se ronge elle-même ; le désespoir

qui se déchire de ses propres mains ;
l'ambition forcenée qui renverse tout ;
la trahison qui veut se repaître de sang,
et qui ne peut jouir des maux qu'elle a
faits ; l'envie qui verse son venin mortel autour d'elle, et qui se tourne en
rage, dans l'impuissance où elle est de
nuire ; l'impiété qui se creuse elle-même un abîme sans fond, où elle se pré-
cipite sans espérance ; les spectres hideux, les fantômes qui représentent
les morts pour épouvanter les vivants ;
les songes affreux ; les insomnies aussi
cruelles que les tristes songes. Toutes
ces images funestes environnoient le
fier Pluton, et remplissoient le palais
où il habite.

Il répondit à Télémaque d'une voix
basse qui fit gémir le fond de l'Érebe :
Jeune mortel, les destins t'ont fait violer cet asyle sacré des ombres ; suis ta
haute destinée : je ne te dirai point où
est ton pere ; il suffit que tu sois libre

de le chercher. Puisqu'il a été roi sur la terre, tu n'as qu'à parcourir d'un côté l'endroit du noir tartare où les mauvais rois sont punis, de l'autre les champs élysées où les bons rois sont récompen-sés. Mais tu ne peux aller d'ici dans les champs élysées qu'après avoir passé par le tartare : hâte-toi d'y aller, et de sortir de mon empire.

A l'instant Télémaque semble voler dans ces espaces vuides et immenses, tant il lui tarde de savoir s'il verra son pere, et de s'éloigner de la présence horrible du tyran qui tient en crainte les vivants et les morts. Il apperçoit bientôt assez près de lui le noir tartare : il en sortoit une fumée noire et épaisse, dont l'odeur empestée donneroit la mort, si elle se répandoit dans la demeure des vivants. Cette fumée couvroit un fleuve de feu et des tourbillons de flamme, dont le bruit, semblable à celui des torrents les plus impétueux quand ils s'élancent des plus hauts rochers dans le fond des abîmes, faisoit qu'on ne pouvoit rien entendre distinctement dans ces tristes lieux.

Télémaque, secrètement animé par Minerve, entre sans crainte dans ce gouffre. D'abord il apperçut un grand nombre d'hommes qui avoient vécu dans les plus basses conditions, et qui étoient punis pour avoir cherché les richesses par des fraudes, des trahisons et des cruautés. Il y remarqua beaucoup d'impies hypocrites, qui, faisant semblant d'aimer la religion, s'en étoient servis comme d'un beau prétexte pour contenter leur ambition, et pour se jouer des hommes crédules : ces hommes, qui avoient abusé de la vertu même, quoiqu'elle soit le plus grand don des dieux, étoient punis comme les plus scélérats de tous les hommes. Les enfants qui avoient égorgé leurs peres et leurs meres, les épouses qui avoient trempé leurs mains dans le sang de leurs époux, les traîtres qui avoient livré leur patrie après avoir violé tous les serments, souffroient des peines moins cruelles que ces hypocrites. Les trois juges des enfers l'avoient ainsi voulu; et voici leur raison : c'est que les hypocrites ne se contentent pas d'être méchants comme le reste des impies ; ils veulent encore passer pour bons, et font, par leur fausse vertu, que les hommes n'osent plus se fier à la véritable. Les dieux, dont ils se sont joués, et qu'ils ont rendus méprisables aux hommes, prennent plaisir à employer toute leur puissance pour se venger de leur insulte.

Auprès de ceux-ci paroissoient d'autres hommes que le vulgaire ne croit guere coupables, et que la vengeance divine poursuit impitoyablement ; ce sont les ingrats, les menteurs, les flatteurs qui ont loué le vice, les critiques

18..

malins qui ont tâché de flétrir la plus
pure vertu, enfin ceux qui ont jugé té-
mérairement des choses sans les connoître à fond, et qui par là ont nui à la
réputation des innocents.

Mais parmi toutes les ingratitudes,
celle qui étoit punie comme la plus
noire, c'est celle qui se commet envers
les dieux. Quoi donc ! disoit Minos,
on passe pour un monstre quand on
manque de reconnoissance pour son
pere, ou pour un ami de qui on a reçu
quelque secours, et on fait gloire d'être
ingrat envers les dieux, de qui on tient
la vie et tous les biens qu'elle renferme !
Ne leur doit-on pas sa naissance plus
qu'au pere et à la mere de qui on est
né ? Plus tous ces crimes sont impunis
et excusés sur la terre, plus ils sont,
dans les enfers, l'objet d'une vengeance
implacable à qui rien n'échappe.

Télémaque voyant les trois juges
qui étoient assis et qui condamnoient

un homme, osa leur demander quels étoient ses crimes. Aussitôt le condamné, prenant la parole, s'écria : Je n'ai jamais fait aucun mal; j'ai mis tout mon plaisir à faire du bien ; j'ai été magnifique, libéral, juste, compatissant : que peut-on donc me reprocher ? Alors Minos lui dit : On ne te reproche rien à l'égard des hommes ; mais ne devois-tu pas moins aux hommes qu'aux dieux ? Quelle est donc cette justice dont tu te vantes ? Tu n'as manqué à aucun devoir envers les hommes, qui ne sont rien ; tu as été vertueux : mais tu as rapporté toute ta vertu à toi-même, et non aux dieux, qui te l'avoient donnée ; car tu voulois jouir du fruit de ta propre vertu, et te renfermer en toi-même : tu as été ta divinité. Mais les dieux, qui ont tout fait, et qui n'ont rien fait que pour eux-mêmes, ne peuvent renoncer à leurs droits : tu les as oubliés ; ils t'oublieront ; ils te livreront à toi-même, puisque tu as voulu être à toi et non pas à eux. Cherche donc maintenant, si tu le peux, ta consolation dans ton propre cœur. Te voilà à jamais séparé des hommes auxquels tu as voulu plaire; te voilà seul avec toi-même qui étois ton idole : apprends qu'il n'y a point de véritable vertu sans le respect et l'amour des dieux, à qui tout est dû. Ta fausse vertu, qui a long-temps ébloui les hommes faciles à tromper, va être confondue. Les hommes, ne jugeant des vices et des vertus que par ce qui les choque ou les accommode, sont aveugles et sur le bien et sur le mal : ici une lumiere divine renverse tous leurs jugements superficiels; elle condamne souvent ce qu'ils admirent, et justifie ce qu'ils condamnent.

A ces mots ce philosophe, comme frappé d'un coup de foudre, ne pouvoit se supporter soi-même. La complaisance qu'il avoit eue autrefois à

contempler sa modération, son courage, et ses inclinations généreuses, se
change en désespoir. La vue de son
propre cœur, ennemi des dieux, de-
vient son supplice : il se voit, et ne peut
cesser de se voir : il voit la vanité des
jugements des hommes, auxquels il a
voulu plaire dans toutes ses actions. Il
se-fait une révolution universelle de
tout ce qui est au-dedans de lui, comme si on bouleversoit toutes ses entrailles : il ne se trouve plus le même ;
tout appui lui manque dans son cœur ;
sa conscience, dont le témoignage lui
avoit été si doux, s'éleve contre lui, et
lui reproche amèrement l'égarement
et l'illusion de toutes ses vertus, qui
n'ont point eu le culte de la divinité
pour principe et pour fin : il est troublé,
consterné, plein de honte, de remords
et de désespoir. Les furies ne le tour-
mentent point, parcequ'il leur suffit de
l'avoir livré à lui-même, et que son

propre cœur venge assez les dieux mé-
prisés. Il cherche les lieux les plus sombres pour se cacher aux autres morts, ne
pouvant se cacher à lui-même : il cherche les ténebres, et ne peut les trouver ;
une lumiere importune le suit par-tout ;
par-tout les rayons perçants de la vérité vont venger la vérité qu'il a négligé
de suivre. Tout ce qu'il a aimé lui de-
vient odieux, comme étant la source
de ses maux qui ne peuvent jamais finir. Il dit en lui-même : Ô insensé ! je
n'ai donc connu, ni les dieux, ni les
hommes, ni moi-même ! non, je n'ai
rien connu, puisque je n'ai jamais aimé
l'unique et véritable bien : tous mes pas
ont été des égarements ; ma sagesse n'é-
toit que folie ; ma vertu n'étoit qu'un
orgueil impie et aveugle : j'étois moi-
même mon idole.

Enfin Télémaque apperçut les rois
qui étoient condamnés pour avoir a-
busé de leur puissance. D'un côté une

furie vengeresse leur présentoit un miroir qui leur montroit toute la diffor-
mité de leurs vices : là ils voyoient et
ne pouvoient s'empêcher de voir leur
vanité grossiere et avide des plus ridi-
cules louanges , leur dureté pour les
hommes dont ils auroient dû faire la
félicité , leur insensibilité pour la vertu ,
leur crainte d'entendre la vérité , leur
inclination pour les hommes lâches et
flatteurs , leur inapplication , leur mollesse , leur indolence , leur défiance dé-
placée , leur faste et leur excessive ma-
gnificence fondée sur la ruine des peuples, leur ambition pour acheter un peu
de vaine gloire par le sang de leurs ci-
toyens , enfin leur cruauté qui cherche
chaque jour de nouvelles délices parmi
les larmes et le désespoir de tant de
malheureux. Ils se voyoient sans cesse
dans ce miroir ; ils se trouvoient plus
horribles et plus monstrueux que n'est
la chimere vaincue par Bellérophon,

ni l'hydre de Lerne abattue par Hercule, ni Cerbere même, quoiqu'il vomisse de ses trois gueules béantes un sang noir et venimeux qui est capable d'empester toute la race des mortels vivant sur la terre.

En même temps, d'un autre côté, une autre furie leur répétoit avec insulte toutes les louanges que leurs flatteurs leur avoient données pendant leur vie, et leur présentoit un autre miroir, où ils se voyoient tels que la flatterie les avoit dépeints : l'opposition de ces deux peintures si contraires étoit le supplice de leur vanité. On remarquoit que les plus méchants d'entre ces rois étoient ceux à qui on avoit donné les plus magnifiques louanges pendant leur vie, parceque les méchants sont plus craints que les bons, et qu'ils exigent sans pudeur les lâches flatteries des poëtes et des orateurs de leur temps.

On les entend gémir dans ces pro-

fondés ténebres, où ils ne peuvent voir
que les insultes et les dérisions qu'ils
ont à souffrir : ils n'ont rien autour
d'eux qui ne les repousse, qui ne les
contredise, qui ne les confonde. Au lieu
que sur la terre ils se jouoient de la vie
des hommes, et prétendoient que tout
étoit fait pour les servir; dans le tartare
ils sont livrés à tous les caprices de certains esclaves qui leur font sentir à leur
tour une cruelle servitude : ils servent
avec douleur, et il ne leur reste aucune
espérance de pouvoir jamais adoucir
leur captivité; ils sont sous les coups de
ces esclaves, devenus leurs tyrans impitoyables, comme une enclume est
sous les coups des marteaux des Cyclopes quand Vulcain les presse de travailler dans les fournaises ardentes du
mont Etna.

Là Télémaque apperçut des visages
pâles, hideux et consternés. C'est une
tristesse noire qui ronge ces criminels :

3.   19

ils ont horreur d'eux-mêmes, et ils ne peuvent non plus se délivrer de cette horreur que de leur propre nature : ils n'ont point besoin d'autres châtiments de leurs fautes, que leurs fautes mêmes : ils les voient sans cesse dans toute leur énormité ; elles se présentent à eux comme des spectres horribles ; elles les poursuivent. Pour s'en garantir, ils cherchent une mort plus puissante que celle qui les a séparés de leurs corps. Dans le désespoir où ils sont ils appellent à leur secours une mort qui puisse éteindre tout sentiment et toute connoissance en eux ; ils demandent aux abîmes de les engloutir pour se dérober aux rayons vengeurs de la vérité qui les persécute : mais ils sont réservés à la vengeance qui distille sur eux goutte à goutte et qui ne tarira jamais. La vérité, qu'ils ont craint de voir, fait leur supplice ; ils la voient, et n'ont des yeux que pour la voir s'élever contre eux : sa vue les perce, les déchire, les arrache à eux-mêmes : elle est comme la foudre; sans rien détruire au-dehors, elle pénetre jusqu'au fond des entrailles. Semblable à un métal dans une fournaise ardente, l'ame est comme fondue par ce feu vengeur : il ne laisse aucune consistance, et il ne consume rien : il dissout jusqu'aux premiers principes de la vie, et on ne peut mourir. On est arraché à soi-même ; on n'y peut plus trouver ni appui ni repos pour un seul instant : on ne vit plus que par la rage qu'on a contre soi-même, et par une perte de toute espérance, qui rend forcené.

Parmi ces objets qui faisoient dresser les cheveux de Télémaque sur sa tête, il vit plusieurs des anciens rois de Lydie qui étoient punis pour avoir préféré les délices d'une vie molle au travail qui doit être inséparable de la royauté pour le soulagement des peuples.

19.

Ces rois se reprochoient les uns aux autres leur aveuglement. L'un disoit à l'autre qui avoit été son fils : Ne vous avois-je pas recommandé souvent, pendant ma vieillesse et avant ma mort, de réparer les maux que j'avois faits par ma négligence ? Le fils répondoit : Ô malheureux pere! c'est vous qui m'avez perdu ! c'est votre exemple qui m'a inspiré le faste, l'orgueil, la volupté, et la dureté pour les hommes ! en vous voyant régner avec tant de mollesse, et entouré de lâches flatteurs, je me suis accoutumé à aimer la flatterie et les plaisirs. J'ai cru que le reste des hommes étoit à l'égard des rois ce que les chevaux et les autres bêtes de charge sont à l'égard des hommes, c'est-à-dire, des animaux dont on ne fait cas qu'autant qu'ils rendent de services et qu'ils donnent de commodités. Je l'ai cru, c'est vous qui me l'avez fait croire; et maintenant je souffre tant de maux

pour vous avoir imité. A ces reproches
ils ajoutoient les plus affreuses malédic-
tions, et paroissoient animés de rage
pour s'entre-déchirer.

Autour de ces rois voltigeoient encore, comme des hibous dans la nuit,
les cruels soupçons, les vaines alarmes,
les défiances qui vengent les peuples de
la dureté de leurs rois, la faim insatia-
ble des richesses, la fausse gloire toujours tyrannique, et la mollesse lâche
qui redouble tous les maux qu'on souffre, sans pouvoir jamais donner de so-
lides plaisirs.

On voyoit plusieurs de ces rois sé-
vèrement punis, non pour les maux
qu'ils avoient faits, mais pour les biens
qu'ils auroient dû faire. Tous les crimes des peuples, qui viennent de la
négligence avec laquelle on fait observer les loix, étoient imputés aux rois,
qui ne doivent régner qu'afin que les
loix regnent par leur ministere. On

leur imputoit aussi tous les désordres qui viennent du faste, du luxe, et de tous les autres excès qui jettent les hommes dans un état violent et dans la tentation de mépriser les loix pour acquérir du bien. Sur-tout on traitoit rigoureusement les rois qui, au lieu d'être bons et vigilants pasteurs des peuples, n'avoient songé qu'à ravager le troupeau comme des loups dévorants.

Mais ce qui consterna davantage Télémaque, ce fut de voir dans cet abîme de ténebres et de maux un grand nombre de rois qui avoient passé sur la terre pour des rois assez bons : ils avoient été condamnés aux peines du tartare pour s'être laissé gouverner par des hommes méchants et artificieux. Ils étoient punis pour les maux qu'ils avoient laissé faire par leur autorité. La plupart de ces rois n'avoient été ni bons ni méchants, tant leur foiblesse avoit été grande ; ils n'avoient jamais craint de

ne connoître point la vérité ; ils n'a-
voient point eu le goût de la vertu, et
n'avoient point mis leur plaisir à faire
du bien.

FIN DU TOME TROISIEME.

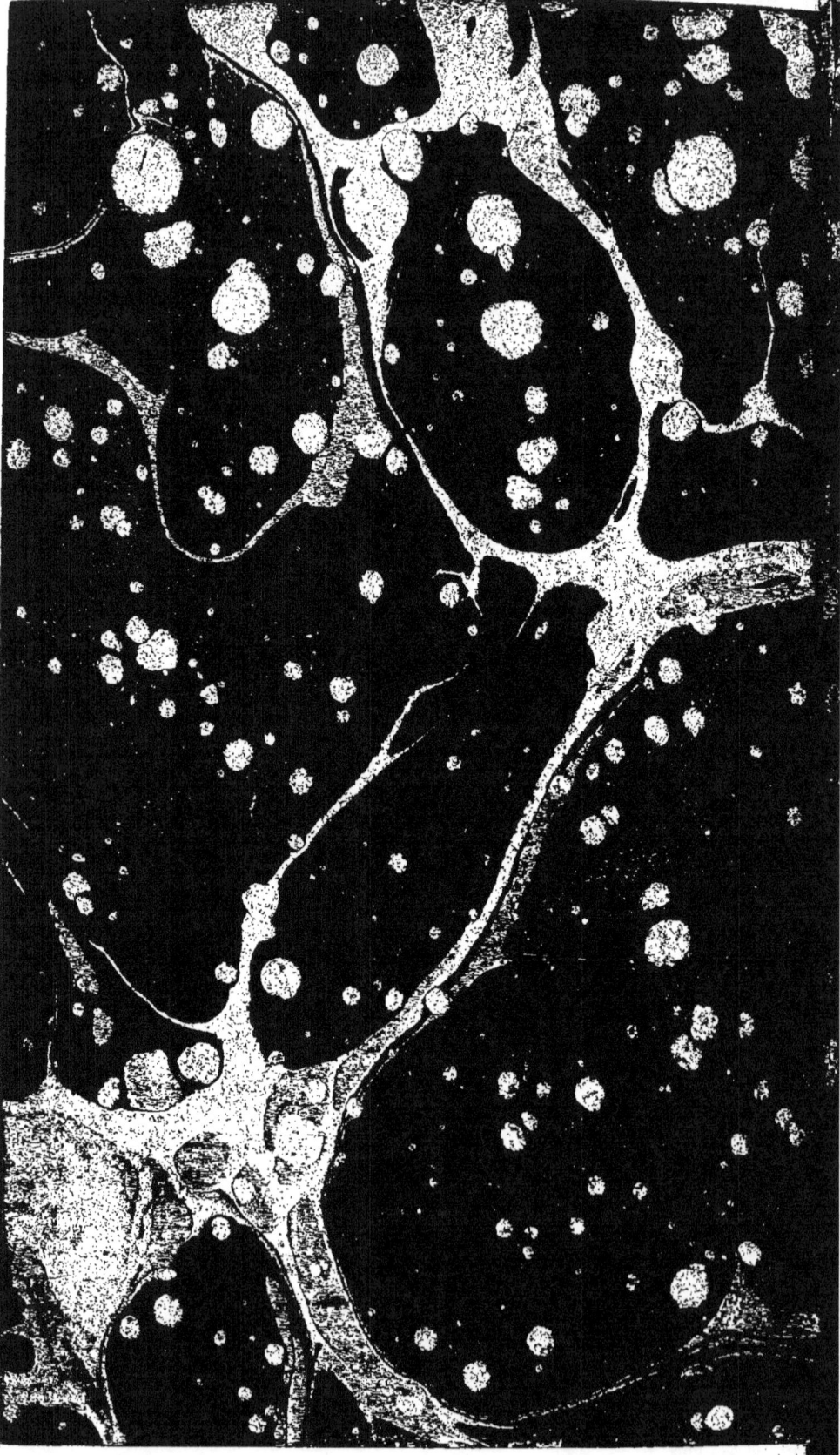

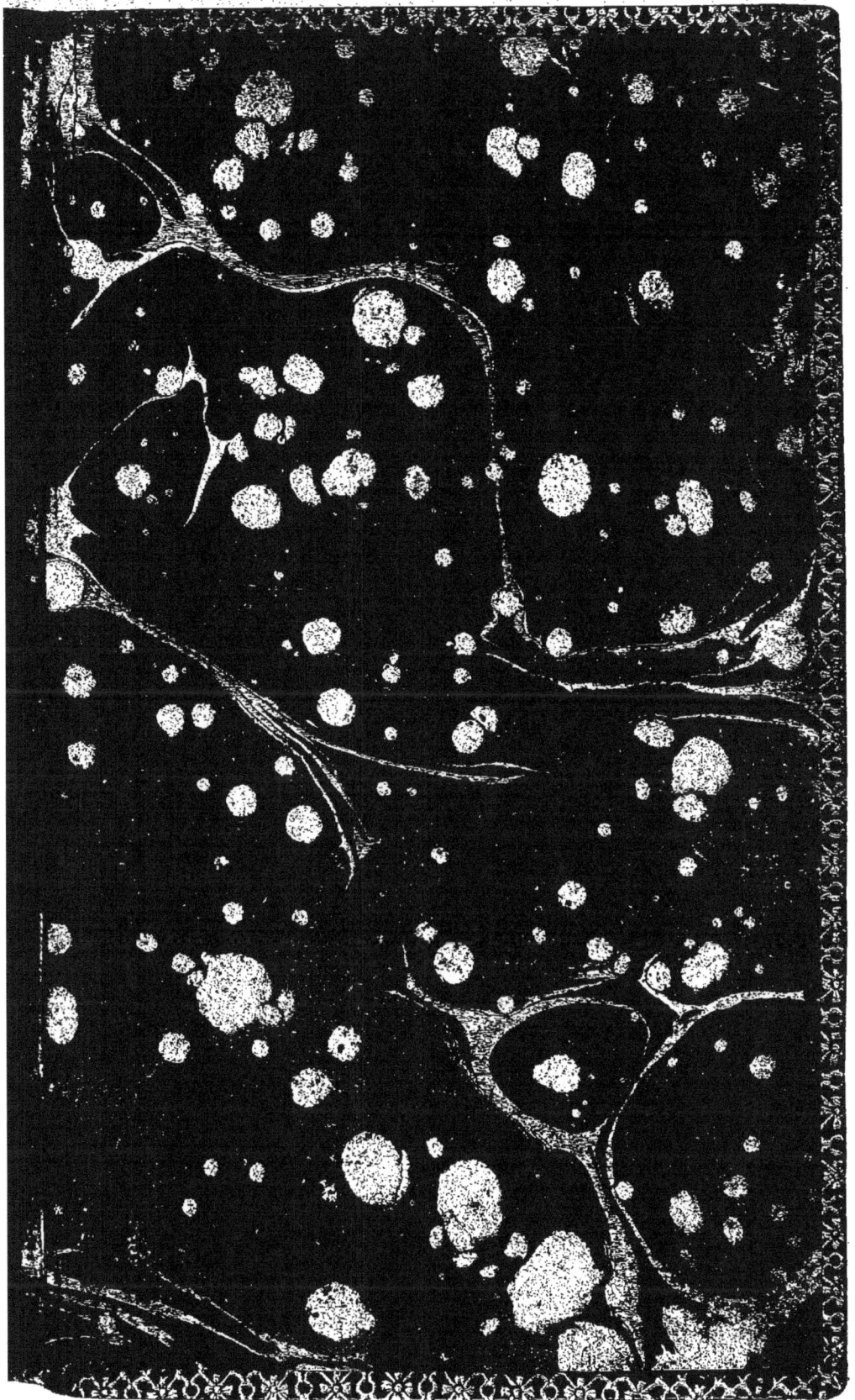

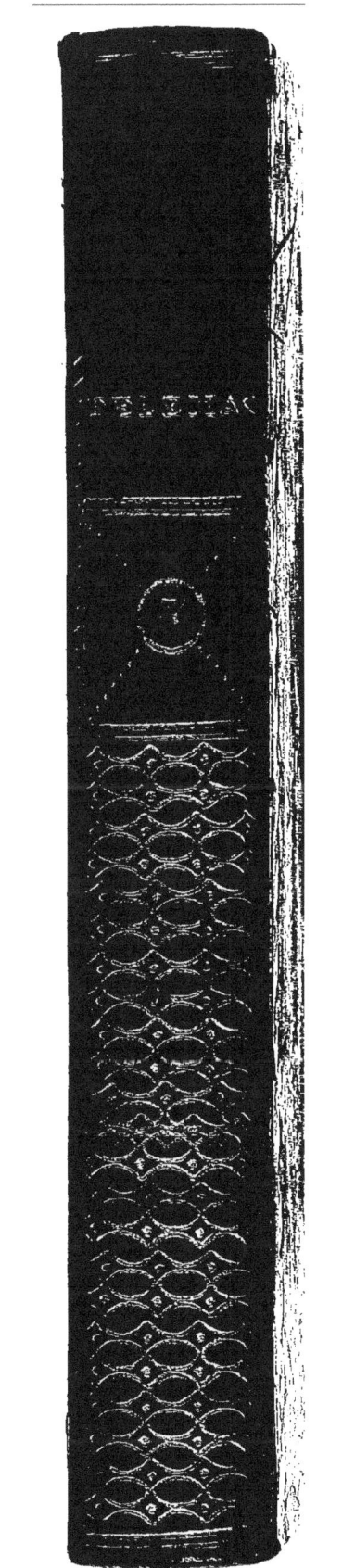

www.ingramcontent.com/pod-product-compliance
Lightning Source LLC
Chambersburg PA
CBHW061446030726
47503CB00005B/1585